suhrkamp nova

Simone Buchholz

NACH UNS DER HIMMEL

Roman

Suhrkamp

Klimaneutral
Druckprodukt
ClimatePartner.com/14438-2110-1001

Erste Auflage 2024
suhrkamp taschenbuch 5442
Originalausgabe

Umschlaggestaltung: Designbüro Lübbeke Naumann Thoben, Köln
Umschlagabbildungen: Hayden Verry/plainpicture
(blaues Wasser und Himmel), Thomas Kohnle/plainpicture
(gelbe Meereslandschaft)
Druck und Bindung: CPI books GmbH, Leck
Printed in Germany
ISBN 978-3-518-47442-6

www.suhrkamp.de

NACH UNS DER HIMMEL

für Anne Riordan

He said all men will be sailors then
until the sea shall free them
But he himself was broken
long before the sky would open

Leonard Cohen, *Suzanne*

HIN UND WEG

Während der zwei Stunden bis zu jenem Moment war alles ganz normal langweilig. Das Brummen der Triebwerke, der Service der Stewards, die freundlichen Durchsagen der Pilotin, der Flug über den Wolken. Manchmal hat es kurz ein bisschen geruckelt, vielleicht, um alle daran zu erinnern, dass sie in der Luft waren. Währenddessen wurde zu viel geredet oder zu laut geschnarcht, zu heftig gelesen oder zu unkonzentriert in Büchern geblättert, das Bordmagazin aus der Rückenlehne gezogen und frustriert wieder zurückgeschoben, Kaugummi gekaut, leicht geschlafen und tief, genörgelt, gequengelt, wann sind wir da, nächste unterschwellige Aggression, Händchenhalten, Süßigkeiten, Chips. Schon sehr anstrengend, Menschen in Flugzeugen, Menschen so nah beieinander, ob sie wollen oder nicht. Das Kabinenpersonal kann einem immer irgendwie leidtun wegen der vielen festgeschnallten Menschen mit ihren Gesichtern und Blicken und den ganzen Geschichten hinter der Stirn.

Von Pilotin und Co-Pilot registriert, doch nicht offensichtlich gefährlich genug, türmt sich draußen ein Wetter auf, zieht sich in rasender Geschwindigkeit zusammen, die Temperaturen und Schichten geraten durcheinander, Wärme prallt auf Kälte, bäng bäng, und dann, viel zu plötzlich und viel zu schnell nach dem üblichen so dahingesagten *Cabin crew, please prepare for landing*, kommen die Schläge gegen den Stahl, vervielfachen sich im Inneren der Maschine, das ist keine von diesen Turbulenzen, die ein Flugzeug einfach mal so mitnimmt, das ist Gewalt. Die Gewalt hebt die Menschen aus ihren Sitzen und drückt sie in die Sicherheitsgurte, sie hebelt die Gepäckfächer auf, sie lässt die Koffer und Taschen fliegen, Arme werden nach oben gerissen, um Köpfe zu schützen, Mägen drehen sich um, und Herzen verlieren die Fassung, die Stewards werden auf ihren leichten Sitzen hin und her geschleudert, und sogar dem Erfahrensten von ihnen, dem graumelierten Chefsteward, ist die Panik aufs Gesicht geflogen, nichts ist mehr wie sonst in heiklen Situationen, keine Witze mehr, kein Augenzwinkern, kein *Wird schon gut gehen, Leute.*

Es dauert eine knappe halbe Stunde, draußen kracht und donnert und blitzt es, die Naturgewalt kämpft mit dem Flugzeug und der Pilotin, sie werfen sich aufeinander und halten einander stand, und so dehnt sich die Zeit, wie so oft, wenn hart und unerbittlich gekämpft wird, wenn einfach keine von beiden aufgeben will, in die Fresse, in die Organe, auf die Knochen, gleich reißt etwas oder reißt auf, und ununterbrochen die Schreie von Frauen, Männern und Kindern.

Am Ende bricht die Pilotin die Landung ab, Entschuldigung, sagt sie, wir können so nicht landen, das Gewitter ist zu heftig. Und: Wir brauchen Sprit, wir fliegen zurück nach Athen.

Landung abbrechen scheint eine gute Nachricht zu sein, Sprit brauchen ist eine beschissene Nachricht.

Mit der Stille, die draußen langsam einkehrt, nimmt auch die Stille in der Kabine zu, und als das Flugzeug nach vierzig Minuten, in denen kollektiv die Luft angehalten wurde, endlich sicher in Athen auf dem Rollfeld steht, in der glühenden Hitze des Nachmittags, sagt niemand mehr ein Wort.

Die einen atmen aus, die anderen haben vergessen, wie das mit dem Atmen genau geht, aber zumindest erinnern sie sich daran, wie man die Hände entkrallt und die gequetschten Sachen wieder loslässt, also die Stuhllehne oder die blutleere Hand der Sitznachbarin, während sich die Maschinen beruhigen und leiser werden und dann schweigen, weil auch ihnen die Kraft und vor allem der Sprit ausgeht.

Lass die Stille ein bisschen glühen, denkt die Pilotin, lass die Ruhe ein paar Sekunden lang sacken, einfach kurz alles ausschalten, ausatmen, einatmen. Dann nimmt sie wieder eine Art Kontakt zum Tower auf.

4621 Cahuenga Boulevard, Los Angeles

Fuck it.

NIEMAND, WIRKLICH NIEMAND

Es dauert eine Weile, bis die Treppe da ist und der verdammte Bus, der die Passagiere übers Rollfeld bringen soll, damit alle hier endlich mal rauskönnen. Aber irgendwann geht die Tür auf, und so zittern erst die Passagiere und dann die Crew die ans Flugzeug geschobene Treppe runter, und sie zittern weiter über den Asphalt in den Bus, im Bus hören die Ersten auf zu zittern und versuchen sich an einem Plauderton, es gibt ja immer diese paar Leute, die etwas versuchen, egal, was.

Also zum Beispiel über die Landschaft reden, wenn die innere Geografie gerade zerbricht, oder übers Wetter, über den zarten Dunst, der auf dem Rollfeld liegt, über das unwirkliche Licht, über die Reste dessen, was sie eben fast umgebracht hat. Manche heben auch einfach nur ihre Kinder hoch und machen ein bisschen Quatsch mit ihnen, von wegen alles ist gut, und das übliche Zeug eben.

Die zutiefst menschliche Hilflosigkeit, wenn etwas auftaucht, das so groß ist, dass man eigentlich nur versuchen kann, es auszuhalten. Mitte links im Bus bricht ein alter Mann in Tränen aus.

Vor dem Flughafengebäude lässt der Bus die Passagiere wieder raus. Jemand hält ihnen eine große Tür auf oder vielmehr eine Art Klappe ohne Griffe. Hinter der Klappe ist ein Raum, ein bisschen klein vielleicht für den Inhalt eines ganzen Ferienfliegers, aber es geht schon, na ja, Fenster wären eigentlich ganz gut, wobei, ehrlich gesagt, Hauptsache, fester Boden unter den Füßen.

Was immer das heißen mag.

Der Raum ist in gelbgrünes Licht getaucht, und er ist warm und kalt zugleich, als hätte sich am Nachmittag plötzlich Nebel über eine von der Sonne erhitzte, enge Straße gelegt. Die Wände sind gefliest, die Decken niedrig und mit weißen Brettern verschalt, auf dem Boden klebt Auslegeware, vielleicht grauer Teppich, aber die Farbe ist schwer zu bestimmen, sie schwimmt je nach Bildausschnitt auch Richtung Eierschale.

Sitzgelegenheiten gibt es keine, nicht schlimm, denken manche, wir werden hier nicht ewig bleiben, scheiße, denken andere, mit so vielen Menschen gemeinsam in einem geschlossenen Raum stehen, das geht keine zehn Minuten. Von irgendwoher kommt leise Fahrstuhlmusik, die ganz billige Version, eine fast engelhafte elektronische Frauenstimme singt von Drinks und Liebe und Loungemöbeln.

Die Ersten fangen an zu schwitzen und ein bisschen ihren Verstand zu verlieren, aber damit es nicht auffällt, legen sie möglichst viel gefasstes Gesicht darüber.

Quer durch den Raum bewegt sich Reinigungspersonal mit Saugmaschinen, drei Frauen undefinierbaren Alters, sie tragen saubere, ein bisschen zerschlissene Wickelkleider und altmodische Hochsteckfrisuren. Sie rauchen ununterbrochen sehr dünne Zigaretten, die Stummel werfen sie auf den Boden und saugen sie mit ihren Maschinen weg. Sie bewegen sich schlurfend fort, was aber auch an der ungewöhnlichen Temperatur liegen mag. Die Finger, in denen die Zigaretten klemmen, sind starr, als würden sie irgendwohin zeigen, nur da, wo sie hinzeigen, ist nichts, da ist nur der fensterlose Raum.

Ein Mann spricht eine der Staubsaugerfrauen an und fragt nach einer Toilette, sie antwortet nicht, dreht ab und saugt woanders weiter.

Okay, sagt der Mann, dann geh ich eben kurz raus, und er sucht die Tür oder die große Klappe, aber die Wände sind zu glatt, er findet den Ausgang nicht, er unterdrückt seine Wut und alles andere, was noch da ist, dann kommt auch schon der Bus zurück, und die Klappe ist wieder auf, und es geht übers Rollfeld und über die Treppe und rein ins Flugzeug, die frühe Abendsonne fällt auf die Gesichter, der Moment, in dem sich alle anschnallen, ist gleichermaßen voller Hoffnung und Angst. So, sagt die Pilotin, der Tank ist voll, das Wetter ist besser geworden, wir versuchen es nochmal, sie wirft die Maschinen an, sie rollt zur Startbahn, *Cabin crew, prepare for take off*, sie gibt Gas und startet, das Flugzeug hebt ab, das Flugzeug ist in der Luft, Flughöhe bei durchschnittlich 10000 Metern, manche beten, manche reden leise, manche tun einfach so, als wäre nichts, der Mann von vorhin kann endlich in der Toilette verschwinden, und vielleicht macht sich jetzt nicht nur bei ihm eine kleine Erleichterung breit, aber bei *Cabin crew, prepare for landing*, kommt eine dumpfe Heikelkeit ins Spiel, und niemand, wirklich niemand hat Lust auf diesen Landeanflug, aber so ist das nun mal: Wenn man wo sein möchte, muss man erst hin, also los, *prepare for landing*, sogar der Stahl konzentriert sich, und es geht runter durch die Reste des nach Osten abziehenden Mittelmeergewitters, da sind die Lichter am Boden, da ist die Landebahn, und die Landung glückt, nur der nasse Asphalt ist noch ein bisschen rutschig, besonders am Ende der Bahn, die quasi direkt in die Altstadt führt. Hallo, kein

Problem für eine erfahrene Pilotin, die Maschine bleibt gerade rechtzeitig stehen, auch wenn es noch ein bisschen knapper ist als üblicherweise, doch insgesamt jetzt wirklich mal alle: ausatmen.

Über der Stadt, über der ganzen Insel mit ihren Hügeln, ihren Dörfern, ihren Kirchen, ihren zahllosen Buchten liegt Dampf, das Gewitter hat die tiefe Wärme nicht vertreiben können, an der nur gut zwanzig Kilometer entfernten Nordwestküste bricht sogar für ein paar Sekunden nochmal die untergehende Sonne durch die dünner werdenden Wolken, aber davon bekommt der östliche Teil der Insel nichts mit, denn da ist der Himmel längst dunkel, und die Menschen sind viel zu erschöpft von – ach.

Später in der Abenddämmerung sitzen acht der Passagiere über die kleine Stadt verteilt am großen Boulevard mit Blick auf die Festung, am Yachthafen gleich beim Stadtstrand und später in der Altstadt vor den Kirchen und an den Brunnen und auf den Plätzen und in den Gassen unter den Palmen und bei den Oleanderbüschen und Bougainvilleen, und auch wenn sie sich nur aus den Augenwinkeln sehen, erkennen sie sich im Vorübergehen, denn so was wie das Ding heute Nachmittag, das vergisst man ja nicht, sie spüren die Erschütterung noch im Solarplexus und in den Nackenmuskeln.

Der Himmel spannt sich weit über die Insel und leuchtet in unzähligen Schattierungen von Violett und Blau, und das ist vollkommen normal, denn sie haben alle irgendwas mit Tintenfisch auf den Tellern, und die Seelen der Tintenfische, das weiß man ja, färben den Himmel ein.

Nicht ganz normal an einem Augustabend ist die Stille, die über der Stadt liegt. Als wäre ihr der Himmel auf den Kopf gefallen.

4621 Cahuenga Boulevard, Los Angeles

Die Sonne macht einen letzten Versuch vor meinem Fenster, sie quält sich durch die dunklen Holzjalousien.

Ich kann sie nicht ernst nehmen.

Wie auch.

Wozu auch.

Wir sind uns zu ähnlich. Mal machen wir es richtig, mal machen wir es falsch, inzwischen öfter falsch, und zwar gründlich.

»Wenn wir schon untergehen, dann gehen wir zusammen«, sage ich, und sie sagt: »Jetzt werd nicht pathetisch.«

»Wer ist denn hier pathetisch«, sage ich, »schau dich doch mal an, immer dieser Zirkus mit dem Licht, mit den Farben, mit der Hitze. Aber am Ende brichst du jedes Mal zusammen.«

Die Sonne antwortet nicht. Sie macht ein beleidigtes Gesicht und verschwindet hinter den Dächern.

Das ist ihr ältester Trick – einfach abhauen.

Hinter der Milchglasscheibe meines Büros taucht eine Silhouette auf, größer als ich, schmale Schultern, dunkles Kostüm, kein Hut, aber Haare, hell.

Ich nehme die Füße vom Schreibtisch und verstaue die halb volle Scotchflasche und den halb leeren Tumbler in der unteren Schublade.

BEIM GEDANKEN AN

Benedikt ist früh wach, das ist fast immer so, irgendwas in seinem Inneren weckt ihn zwischen sechs und sieben, genau genommen wecken ihn seine Lenden, die Lenden machen das verlässlich, seit er denken kann, aber Annike kann damit nichts anfangen, sie mag es morgens nicht. Sie mag es überhaupt nur noch in manchen kleinen Ecken des Tages oder der Nacht, wobei, von *mögen* kann man da nicht mehr wirklich reden, sie lässt es eben zu und tut so, als würde sie es mögen, aber mehr aus alter Verbundenheit.

Elisabeth ist um diese Zeit selten bei ihm, im Moment schläft sie nebenan bei Claudius, bei dem sie ja meistens schläft. Benedikt steht auf, macht sich einen Kaffee, geht raus auf die Dachterrasse und schaut aufs Meer, es ist halb sieben, gleich geht die Sonne auf, der Himmel ändert sekündlich seine Farben, von Rot zu Orange zu Rosa, das hier und da schon in ein zartes Blau übergeht, das Blau wird bald knallen und sich über den Tag dann nicht mehr großartig verändern, bis die Sonne schlagartig ins Meer kippt, weil sie komplett durch ist mit dem Tag.

Mittelmeer eben.

Benedikt trinkt seinen Kaffee und ein großes Glas Wasser hinterher, dann zieht er die Laufschuhe an und rennt noch in der Wohnung los und die Treppen runter auf die Straße, vielleicht schafft er es ja, dem gestrigen Tag davonzulaufen, wobei er gar nicht sagen kann, wovor genau er davonlaufen muss. Egal, denkt er und rennt, er wird so lange rennen, bis sich seine Gedanken beruhigt haben, und das kann dauern, aber vor neun regt sich hier sowieso niemand, und er würde wieder dastehen wie ein Idiot, wenn er um acht das Frühstück auf den Tisch stellen würde, und dann alle so: Ach, Benedikt.

Annike dreht sich nochmal um und streckt aus reiner Gewohnheit ihre Hand nach Benedikt aus. Dass ihre Hand ihn nicht findet, sagt ihr: Es ist vermutlich schon nach sechs.

Elisabeth hat Benedikt in der Küche gehört und kurz darüber nachgedacht, ihm, na ja, Gesellschaft zu leisten, aber vielleicht sollten sie es nicht gleich übertreiben. Seit dem Beinahe-Absturz gestern hat sie zum ersten Mal ein schlechtes Gewissen, also nicht Claudius gegenüber, eher so generell, eher dem Leben gegenüber. Immerhin wären sie fast gestorben, und sie fragt sich, warum sie nie erwachsen geworden ist und ob es eventuell doch mal an der Zeit wäre, damit sie dann endlich und so weiter, der übliche Bullshit halt, bla bla bla.

Sie sieht Claudius an, wie er auf dem Rücken liegt und schnarcht, wie sein Bauch sich hebt und senkt, wie die Silberfäden in seinem Bart zittern, irgendwie zufrieden sieht das aus, sie mag den Bart, und sie mag auch den Bauch. Sie kriecht in seine Richtung, legt den Kopf auf seine Jahr für Jahr breiter werdende Brust und schiebt ihre rechte Schulter unter seinen linken Arm. Der Arm rutscht langsam, aber deutlich wieder weg.

Claudius träumt von einem Essen mit Geschäftspartnern. Von einer großen Tafel an einem Fluss unter Bäumen, die Bäume sind von wildem Wein umrankt, es gibt alles zu essen und zu trinken, es gibt Musik und Frauen mit nackten Brüsten, und alle sind Freunde und lieben sich, auch auf dem Tisch, es ist ein Riesenspektakel, aber Claudius selbst sitzt nur blöd an der Stirnseite des Tisches herum und kann irgendwie nicht mitmachen, was ihn ärgert, schließlich ist er es, der den ganzen Bumms hier bezahlt, verdammt nochmal.

Dann stürzt der Tisch ab.

In einem Bed & Breakfast in der Altstadt, es ist kurz nach sieben, dreht sich Sara zur Mitte des Betts, und ihr Blick fällt auf Marc, im Schlaf wirkt er friedlich und fast sanft, aber sie weiß, seine Anspannung kommt mit dem Aufstehen, zusammen mit der schlechten Laune. Und auch wenn ihr erster Blick ihrem Ehemann gilt, gehört ihr erster Gedanke ihrem Sohn, und sie fragt sich, hat er geschlafen, wie geht es ihm, lebt er noch, und dann steigt wieder die Dunkelheit in ihr auf, egal, wie entschlossen sie versucht, sich der Dunkelheit zu stellen, seit einem Jahr ist diese Gefühlsfarbe in Saras persönlichem Tuschkasten, und das Dunkelste an der Dunkelheit ist, dass sie später, wenn alle wach sind, wieder mal einen weiteren Tag so tun werden, als sei alles in Butter, sie tun es für ihren Sohn, also, das sagt sie sich dann, nur in Wahrheit tut der Sohn es für die Eltern, das ist ihr natürlich klar.

Und trotzdem.

Sara dreht sich wieder auf ihre Seite des Bettes, zieht die übliche Mauer um sich herum hoch, die sie beschützt vor alldem, sie widersteht dem Drang, aufzuspringen und die Verbindungstür zum anderen Zimmer aufzustoßen und ihr sechzehnjähriges Kind an ihre Brust zu reißen, stattdessen wartet sie einfach darauf, dass einer der anderen beiden den Anfang eines neuen komplizierten Tages macht.

Marc ist seit Stunden im Halbschlaf, mal ist er weg, mal ist er da, mal beruhigt ihn dieser Zustand, mal macht er ihn rasend wütend. Er spürt Saras Blick auf seinem Gesicht in einer der Phasen, in denen er von weg auf da umschaltet, und schaltet dann schnell noch einmal weg, zumindest für ein paar Minuten, gerade so lange, bis sie sich wieder auf ihre Seite dreht.

In seinem Bauch dreht sich derweil ein Messer um. Ein monströser Schmerz.

Beim Gedanken an.

Warum ist die Scheißmühle nicht einfach abgestürzt, dann wäre das ein für alle Mal erledigt gewesen, also zumindest dieser spezielle Schmerz.

Vincent schläft tief und fest, nachdem er bis drei Uhr wach war. Er schläft wirklich erstaunlich fest, eigentlich geht das gar nicht mehr. Auch das Wachsein hat sich irgendwie fest angefühlt. Er hat nicht darüber nachgedacht, warum das so war, er hat es einfach genommen, so wie er alles nimmt, und mit dem Schlaf kam dann die übliche Reise in andere Zustände, an andere Orte, schnellere, bessere, buntere.

Heidi liegt im Bett und macht es sich selbst, dann steht sie auf und geht duschen. Wow, ist dieses Bad schön, so klein und so elegant, mit den alten Fliesen und den goldenen Rändern und dem Steinfußboden, das hat sie gestern Abend gar nicht gesehen, in dieser Verstrahlung von einem Abend, dem inneren Gewackel nach dem verkackten Flug, sie hat gar nicht kapiert, wie die Familie, die auch in diesem Flieger gewesen war und offenbar hier im selben Bed & Breakfast wohnt, so ruhig in dieser Bar sitzen konnte, während sie vor lauter verlorener Kontrolle nicht mal das blöde Glas Wein austrinken konnte, aber diese Familie, die hat vorher sogar was gegessen, in einem der Restaurants, an denen sie vorbeigelaufen ist, na ja, als Familie macht man so was vielleicht, wahrscheinlich muss man das als Familie. Und dann hat sie zu Ende geduscht und trocknet sich ab und cremt sich ein, um die Narbe herum ist sie immer noch vorsichtig, obwohl sie nicht mehr wehtut und so, aber sie fühlt sich falsch an und viel zu neu, sie mag sie nicht anfassen, sie ist kein Teil von ihr, sie will sie am liebsten vergessen, sie zieht sich an und geht runter in den Innenhof und besorgt sich am Frühstücksbuffet einen grünen Tee und erschrickt kurz, weil sie an den Verkauf denken muss, aber dann fällt ihr wieder ein, dass der Verkauf ja längst durch ist, da gibt es keinen Grund mehr zu zucken, den Verkauf kann sie ganz gepflegt von ihrer Liste streichen, der Laden ist Geschichte.

Heute, denkt sie, heute noch kein Auto mieten, eventuell morgen.

4621 Cahuenga Boulevard, Los Angeles

Sie macht große Schritte, in drei, zwei, eins steht sie vor meinem Schreibtisch und lässt eine Akte fallen. Die Akte hat nicht viel Gewicht.

Nur ein dünnes Geräusch auf der Tischplatte.

Aber ich weiß: Das, was in der Akte steht, wiegt schwer, und zwar auf meinen Schultern.

Die Inspektorin verzichtet auf eine Begrüßung, sie sieht mich nur an. Sie ist schmal wie eine Zypresse, ihr graues Kostüm ist gut geschnitten und sitzt messerscharf um die Schultern, die Taille, die Hüften. Einen Blick auf ihre Fesseln zu werfen, hab ich mir lieber verkniffen, als sie in mein Büro gegrätscht ist.

Ihre Haare sind kinnlang, vermutlich ein helles Blond, auch wenn ich das in der üblichen schwarz-weißen Suppe nicht abschließend sagen kann, es könnte auch ein sehr helles Grau sein. Ihr Gesicht wurde von einem spitzen Werkzeug erschaffen, ihr Lippenstift ist dunkel.

»Setzen Sie sich doch«, sage ich.

Sie nimmt den Stuhl, der immer so einsam am Fenster steht, setzt sich, legt die Füße auf meinen Tisch und sagt: »Danke.«

Der überall auf den Flächen verteilte Staub vibriert.

»Wie wär's mal mit Licht anmachen?«

»Gar keine schlechte Idee«, sage ich und ziehe an der Messingkette meiner Schreibtischlampe. Es dauert einen Moment, bis sie voll da ist, das verbindet uns, meine Lampe und mich.

Die Sicht in meinem Büro ist jetzt nicht unbedingt besser, dafür ist es draußen zu zwielichtig, aber ich kann der Inspektorin in die Augen schauen. Ihr Blick hat die Durchschlagskraft einer Machete.

Sie stützt die Ellbogen auf die Lehnen ihrer einsamen Sitzgelegenheit und legt ihre Fingerspitzen zusammen.

»Wie alt sind Sie inzwischen?«

Keine Ahnung, denke ich, deute auf die Akte neben ihren eleganten Fesseln und sage: »Das müsste da ja wohl drinstehen.«

»Ich mag Ihre Manieren nicht.«

»Kann ich gut verstehen«, sage ich, »ich mag meine Manieren auch nicht.«

Sie greift nach der Akte, klappt sie auf und fängt an zu blättern. Die Zeit dehnt sich, mein Herzschlag wird langsamer und langsamer und langsamer, ich denke, eigentlich interessant, dass ich überhaupt einen habe oder brauche.

Ich zünde mir eine Zigarette an.

DAS BLEICHT JA ALLES GLEICH WIEDER AUS

Benedikt läuft. Er läuft schnell, sprintet fast, ist konsequent im anaeroben Bereich, zu Hause schütteln seine Nachbarn immer den Kopf, wenn er frühmorgens an ihnen vorbeirast, aber in diesem Ferienidyll hier, in diesem Bilderbuch romantischer Mittelmeerarchitektur, in dem alten Städtchen mit den Winkelgassen, an der zerklüfteten Steilküste mit viel Grün und dem zarten Wasser mit wenig Schaum, in diesem Paradies unter der strahlend blauen Kuppel liegen die meisten noch in den Federn. Von der Küstenstraße oberhalb der Stadtmauer aus sind nur ein paar Schwimmerinnen zu sehen, sie sind unterwegs vom Strand in die freundlichen Wellen oder von den freundlichen Wellen zurück an den Strand.

Benedikt rennt ganz für sich allein, und es fällt ihm leicht, er ist einfach schnell auf den Beinen, das war er schon als Kind und auch als Teenager noch, als die anderen längst aufgehört hatten zu rennen und ihr Tempo Richtung federndem Schritt junger Erwachsener kippte, rannte er weiter überallhin, er hat einfach nie damit aufgehört. Langsamkeit macht ihn irre, Schnelligkeit kämmt ihm die Synapsen. Früher, als es noch gut war zwischen Annike und ihm, also ganz am Anfang, sagte sie manchmal, er sei wie ein Geschwindigkeitsrausch, und das hätte es so leicht gemacht, sich in ihn zu verlieben.

Er rennt und atmet sich die Küste entlang, auch sein Atem geht ein leichtfüßiges Tempo, nach dem ersten Kilometer kommen dann noch die schnellen Gedanken dazu, sie segeln wie Schwalben durch seinen Kopf. Gestern Abend, im Restaurant, beim Essen zu viert, die Rollen verteilt wie seit fünfundzwanzig Jahren, das war ja damals in der WG-Küche von Annike und Elisabeth schon so: Annike, das stille Wasser mit den tiefen Blicken, die perfekte Zuhörerin, aber alle auch erbarmungslos beobachtend und Gott weiß, was dann hinter ihrer Stirn vor sich geht, Elisabeth, der Schmetterling, flatternd und bunt und schön und mal hier, mal da und eine große Wonne und gleichzeitig supernervig, weil sie da sogar selbst manchmal den Überblick verliert, und Claudius, die große Trompete, die Ich-Maschine, die Inkarnation des erfolgreichen Typen, der hat im Sandkasten schon die dicksten Bagger gehabt, in der Schule die dicksten Steine in den Brettern der Lehrer, im Grundstudium die besten Nebenjobs, im Hauptstudium sein eigenes Unternehmen, da war erstmal nur das Logo dick, inzwischen sind es auch das Imperium und der Fuhrpark, und am Ende legt er dann üblicherweise einfach wortlos das Geld auf den Tisch, klar, dass er zahlt, »das übernehmen Zahlemann & Söhne«, sagt er oft in solchen Momenten, und alle lachen pflichtschuldig, wobei, Elisabeth lacht ernsthaft, soll er doch zahlen, denkt sie wahrscheinlich beziehungsweise weiß Benedikt, dass sie das denkt, Annike wiederum ist es egal, sie schert sich nicht um die Bilder, die andere von ihr zeichnen, »wenn er unbedingt will«, hat sie mal gesagt, »wenn es ihm guttut«, sagt sie über all diese Männer, die unangenehme Angewohnheiten haben, nur er selbst, Benedikt, findet das ewige Gezahle von Claudius herablassend. Der hat ja sogar die ganzen zwei Wochen hier bezahlt, also die Bude, nicht ihre beiden Flüge, da konnte Benedikt dann doch einen Pflock einschlagen, aber die Rechnung für das schicke Apartment mit Meerblick und Dachterrasse hat Claudius sich nicht nehmen lassen. Benedikt hatte vorgeschlagen, dass Annike und er sich woanders ein Zimmer nehmen, eins, das sie sich leisten können, aber Claudius hat gesagt: »Kommt gar nicht in Frage, Zahlemann & Söhne übernehmen das.«

Manchmal könnte Benedikt ihm eine reinhauen, dem arroganten Fettsack. Aber dann fällt ihm wieder ein, dass er schließlich seit zwanzig Jahren mit der Frau des arroganten Fettsacks schläft, also haut er ihm lieber keine rein, er tut ihm genau genommen leid, der Zahlemann.

Nach drei Kilometern hält er an und schaut aufs Meer.

Morgen früh vielleicht mal die Gitarre auf den Rücken schnallen beim Laufen und dann ein bisschen Musik machen für sich und fürs Wasser und für die aufgehende Sonne, vielleicht ein Lied schreiben, vielleicht für Elisabeth, vielleicht für die Annike von damals.

Dann dreht er um und rennt zurück, die Sonne im Nacken, die Küstenromantik brüllt ihm hinterher.

Der Sex ist funktional, routiniert und effizient, Elisabeth muss das wirklich nicht haben, und trotzdem ist jedes Mal sie diejenige, die anfängt, weil sie findet, dass Claudius es sich verdient hat, weil es doch irgendwie dazugehört, wenn man verheiratet ist, und weil sie sich nicht vorstellen kann, dass ein Mann es körperlich lange aushält, mit einer Frau wie ihr *nicht* zu schlafen, und sie will ja nicht, dass er krank wird. Außerdem zahlt er doch alles.

Deshalb fängt sie an. Fasst dies und das an und bewegt dies und das hin und her, und da wacht er auf und wälzt sich auf sie und fasst dies und das an und bewegt dies und das hin und her und natürlich schwitzt er sofort, dabei ist das alles weder aufregend noch anstrengend, irgendwann schleicht ein gelangweiltes Grunzen aus seinem Mund und er wälzt sich runter von ihr und stöhnt vor Erschöpfung. Sie steht auf, und während sie die Badezimmertür schließt, sagt sie: »Du solltest echt mal wieder Sport machen.«

Aber er ist schon eingeschlafen.

Wie kann etwas grundsätzlich so Sensationelles wie die Begegnung zweier Menschen so frei von jeder Sensation sein, denkt sie und sieht in den Spiegel, und wie jeden Morgen sieht sie sich altern, um die Augen und um den Mund herum, und die roten Locken bräuchten am Ansatz dringend einen Schuss Farbe, aber vor den Ferien mit Sonne und Meer hätte sich das nicht gelohnt, das bleicht ja alles gleich wieder aus.

Sie steigt in die Dusche, lässt das warme Wasser über Haare und Haut laufen und denkt an Benedikt.

Benedikt ist unten am Wasser zurückgelaufen, unterhalb der Promenade, an einem kleinen, nicht ganz offiziellen Hafen legen ein paar kleine, nicht ganz offizielle Fischerboote an, und müde Männer mit Zigaretten in den Mundwinkeln reichen anderen müden Männern mit Zigaretten in den Mundwinkeln Kisten voller Fische an. Benedikt bleibt stehen, stützt die Hände auf die Knie, und jetzt pumpt seine Lunge doch ein bisschen, nach ungefähr sechs Kilometern Sprint. Er schaut hoch und lächelt die Männer an. Sie reagieren nicht. Er richtet sich auf, macht ein paar Schritte auf die Boote zu und fragt, ob er ihnen was abkaufen kann, er würde nur schnell Geld holen, gleich da oben in einem der Häuser in der ersten Reihe, ob sie noch zehn Minuten hier wären.

Zwei der Männer sehen ihn mit leeren Augen an, es scheint, als würden sie nicken, aber Benedikt ist sich nicht sicher, na dann, denkt er, dann eben nicht, ich *muss* euch auch nichts abkaufen, und er hebt trotzdem die Hand, so eine Art Gruß, wobei ihm das schon viel zu viel vorkommt als Reaktion auf deren Unnahbarkeit.

Er zieht ab und rennt die Treppen zur Promenade hoch, rennt von da die Treppen zum Haus hoch, rennt im Haus die Treppen zum Apartment hoch, schließt auf, jetzt eine Flasche Wasser, in der Küche steht Elisabeth und schaut zur Decke, als wäre ihr die Zeit verrutscht. Ihre langen, roten Locken sind tropfnass, sie trägt einen weißen, offenen Kimono.

Annike ist mit ihrem Geist, ihrem Körper, ihrer Seele, mit ihrer gesamten Existenz hinter ihrem persönlichen Mond verschwunden, sie schläft tief und noch tiefer und am tiefsten, und wenn sie dann da angekommen ist, auf der dunklen Seite des Mondes, wo sie inzwischen oft und immer öfter ist, ist sie so sehr bei sich, dass nichts mehr wehtut, nicht mal die drei Fehlgeburten, nicht mal die leere Hülle ihrer Liebe zu Benedikt, nicht mal der abgesoffene Lebensplan. Hinter dem Mond ist alles gut, und deshalb bleibt sie da, so lange sie kann.

Elisabeth steht in einer Ecke der Dachterrasse, die von der offenen Küche aus nicht einsehbar ist, in ihren Augen glitzert die Morgensonne, Benedikt steht vor ihr und sieht sie an, in der rechten Hand hat er eine Flasche Wasser, mit der linken Hand zeichnet er die Ränder des weißen Kimonos nach, er hält die Luft an, während er das tut, Elisabeth lacht leise, sie mag es, wenn er sich zusammenreißen muss, wenn sie spürt, wie viel Kraft ihn das kostet, wenn die Muskeln an seinen Unterarmen und an seinem Hals ganz leicht zucken, Impulskontrolle, denkt sie, so interessant, gerade bei Männern, denkt sie, als wäre das hier nur eine Versuchsanordnung.

»Wie siehst du denn wieder aus«, sagt Benedikt, seine Stimme klingt belegt, sie kommt aus der Region zwischen seinen Beinen, auch das sehr interessant, denkt Elisabeth und sagt: »Man kann auch mal eine Erektion stehen lassen, ich bestell mir später einfach eine neue.«

»Wann genau ist später«, sagt Benedikt, schiebt mit seiner linken Hand den Kimono zur Seite, die Hand landet auf Elisabeths Taille.

»Ich will am Nachmittag ein bisschen rausschwimmen«, sagt sie, »ein Stück die Küste entlang, eventuell«, und Benedikt flüstert in ihr linkes Ohr, dass er um die Zeit dann wohl nochmal laufen gehen muss, den langen Lauf des Tages, das dauert mindestens eine Stunde, »okay«, sagt Elisabeth, küsst ihn auf die Stelle zwischen Mundwinkel und Wange, und Benedikt zieht sie an sich, aber sie schlüpft ihm weg und will sich auf den Weg in die Küche machen, er greift nach ihrer Hand und sagt: »Geh nicht weg.«

»Ich geh, wann und wohin ich will«, sagt sie, ohne ihn anzusehen, und er lässt sie sofort los, ich spiel hier nicht schon wieder deinen Blitzableiter, denkt er, nur weil irgendwas war mit Claudius.

Sie bleibt in der Terrassentür stehen, dreht sich um und sieht ihn an. »Was«, sagt sie.

»Nichts«, sagt er.

»Was ist jetzt mit heute Nachmittag«, sagt sie.

»Du schwimmen, ich laufen«, sagt er.

Sie wirft mit einer schnellen Bewegung ihre trockener und also leichter werdenden Haare über die Schulter, schließt ihren Kimono, bindet ihn zu, kommt wieder ein paar Schritte auf Benedikt zu.

Benedikt setzt die Flasche Wasser an und trinkt sie zur Hälfte aus, Biest, denkt er und lächelt. Dann geht er duschen, im Vorübergehen berührt seine linke Hand ihre Hüfte, sie hält still, er lässt seine Hand für einen Augenblick da, wo sie ist, dann verschwindet er.

Claudius wird von seinem eigenen Schnarchen geweckt, Herrgott nochmal, denkt er, warum schnarche ich eigentlich so laut, das ist ja furchtbar. Seine Zunge fühlt sich an, als hätte sie Fell.

Er rollt sich über die leere Seite an Elisabeths Rand des Bettes und angelt mit beiden Händen nach der verdammten Flasche Wasser, die dort immer steht, wirft sie dabei um, hebt sie wieder auf, schraubt den Verschluss ab und so weiter, dann wird es besser, das Fell ist zwar nicht weg, aber es liegt zumindest wieder in Wuchsrichtung. Er setzt sich auf, stopft sich Elisabeths Kopfkissen in den Rücken und furzt ausgiebig.

Er schielt vorsichtshalber Richtung Badezimmer, die Tür ist offen, das Licht aus, ah, perfekt, sie ist nicht da.

Draußen scheint die Sonne, na klar, dafür hat er ja auch bezahlt, muss er jetzt schon direkt ein Boot mieten oder was, allein wegen Benedikts wütendem Blick hätte er Bock drauf, er liebt es, ihn zu demütigen, keine Ahnung, warum ihm das so viel Spaß macht, sie sind doch beide keine schlechten Menschen, aber er schämt sich nicht mal dafür, das ist schon seltsam, denkt er, vielleicht, denkt er, verleiht das einfach nur ihrer Freundschaft Ausdruck, unter Männern.

Er spielt es mal für sich durch in Gedanken, nur zum Wachwerden: wie sie gleich am Frühstückstisch sitzen werden, das Frühstück wird vermutlich Elisabeth gemacht haben, mit lauter gesundem Scheiß, Joghurt und Honig und so, und dann wird da noch jede Menge Gemüse stehen, aber kein einziges fettiges Croissant, außerdem die totale Abwesenheit von Industriezucker.

Und wie dann alle genervt sein werden von seinem Tatendrang, von seiner wie immer randvollen Batterie, von seinem Managerbindegewebe. Wie Elisabeth an ihrem Kaffee nuckeln wird und erstmal »Ferien machen« will und nicht gleich wieder »so stressen«, wie Benedikt versuchen wird, seine Kieferknochen unter Kontrolle zu halten, während die Sonne auf das cremefarbene Leinensegel über der Dachterrasse donnern wird, oder war es hellblau.

»Also, was ist jetzt mit dem Boot«, wird Claudius sagen, »Zahlemann & Söhne übernehmen das.«

Elisabeth wird ihre Haare hinter die Ohren streichen, nach dem Joghurt greifen und mit den Schultern zucken.

Benedikt lautstark Kaffee trinken und die Nase hochziehen. Annike lächeln, ein- und wieder ausatmen und sagen: »Wenn es dir guttut ...?«

Ein paar hundert Meter weiter sitzen Sara und Marc an ihrem jeweiligen Bettrand und starren an die Wände, zwischen ihnen eine Decke aus Einsamkeit und innerer Kälte. Keine Berührungen, bitte. Danke. Keine Fragen von der Frau an den Mann, keine Fragen vom Mann an die Frau, der Raum ist sowieso voller Antworten, die sie beide auswendig kennen.

Sara erlaubt sich die einzige Frage, die noch Sinn ergibt: »Ob Vincent schon wach ist?«

»Auf gar keinen Fall«, sagt Marc.

Sara erinnert sich an letzten Sommer, die letzte offiziell gute Jahreszeit, als ihr Sohn zwar schon anfing, nachts wach zu liegen und erst morgens zu schlafen, als noch niemand wusste, woher erst die Unruhe und dann die bleierne Müdigkeit in den jungen Körper kam, und als sie einfach dachten, na ja, das ist wohl die galoppierende Pubertät, das ist normal. Und es ging ihm ja auch gut sonst, er wurde immer länger, klar wird man dann auch dünner, und die dunkelroten Haare verwischten mehr und mehr ins Hellrote, aber das war vielleicht nur der Sommer, man muss nicht alles überinterpretieren, und jeden Abend, in der Schwüle und abklingenden Hitze, war die ganze Bude voller Teenager, die waren meistens zu fünft oder zu siebt gewesen, alle zwischen eins achtzig und eins neunzig groß, die waren wie eine invasive Spezies, sie besetzten gnadenlos die Räume, und zwei von ihnen standen immer in der Küche, um irgendwas mit Käse zu überbacken, und manchmal dachte Sara, wer weiß, demnächst überbacken sie einfach mich mal mit Käse, in ein Brot gewickelt vielleicht, dann hab ich wenigstens endlich meine Ruhe, und schön warm und schwer ist es so auch.

»Ich geh duschen«, sagt Marc und steht auf, und Sara spürt die Bewegung der Matratze. Sonst spürt sie nichts.

»Ja«, sagt sie, ohne sich umzudrehen, »mach das, und dann machen wir uns einen richtig schönen ersten Ferientag.«

»Sicher«, sagt Marc, geht ins Bad und macht die Tür hinter sich zu. »Sicher.«

Das Bad antwortet nicht, er dreht das Wasser auf und stellt sich unter den Duschkopf und greift von der Dusche aus nach der Zahnbürste und der Zahnpasta und schrubbt sich die Zähne, später schrubbt er sich mit einem Stück Seife die Haut und lässt das Wasser immer weiterlaufen, vor allem über den Kopf und über den Nacken, und dann reibt er sich mit dem harten Handtuch trocken, es tut fast weh, so sehr reibt er, und dann steht er im warmen Dampf des Badezimmers und sein Gesicht löst sich im Spiegel auf, nur seine Anspannung, die verschwindet natürlich nicht, wie auch.

Als er wieder ins Schlafzimmer kommt, sitzt Sara immer noch auf dem Bettrand, oder sie sitzt da wieder, denn irgendjemand muss die Vorhänge zur Seite geschoben und das Fenster weit aufgerissen haben, als gelte es, einen bösen Geist rauszulassen.

Er zieht sich schweigend an und sagt dann: »Ich geh schon mal runter, frühstücken, du kommst dann einfach nach, nehme ich an.«

»Ja«, sagt Sara, »ich komm dann einfach nach.«

Er denkt für drei Sekunden darüber nach, ob er ihr einen Kuss auf die Stirn drücken soll, schließlich sind Ferien, aber dann lässt er es doch.

Vincent sitzt auf einer Mauer vor einem Café und zieht schön langsam und sehr korrekt einen Erdbeermilchshake durch. Ein Croissant dazu wäre nicht schlecht, oder ein Käsetoast, nur leider hatte er nicht mehr genug Geld in der Hosentasche. Frühstücksraum geht aber auch nicht, Frühstücksraum ist nicht radikal genug für Ferien, und Frühstücksraum mit seinen Eltern ist eine Zumutung, so wie alles, was mit ihm und seinen Eltern zu tun hat, eine Zumutung ist.

Er blinzelt in die viel zu helle Lampe am Himmel. Sonnenbrille vergessen.

»Hey, wo hast du den Milchshake her?«

Vor ihm steht eine Frau mit schwarzen Haaren, sie ist relativ groß, nicht viel kleiner als er, Playmobilfrisur und auch irgendwie Playmobilfigur. Alles an ihr ist komplett gerade geschnitten. Sogar die dunkelbraune, sechseckige Sonnenbrille.

Er zeigt auf das Café schräg hinter sich.

»Gibt's da auch Frappé?«

»Was ist Frappé?«

»Ein Kaffeeshake«, sagt sie, »also Kaffee mit Milch und Zucker und Eiswürfeln drin.«

»Wer trinkt denn so was?«

»Erwachsene, du Baby.«

Er lächelt sie an.

»Du bist im gleichen Hotel wie ich«, sagt sie.

»Kein Plan«, sagt er.

»Ich hab dich gestern Abend schon gesehen, mit deinen Eltern. Nach dem Horrorflug. Du warst auch in dem Horrorflieger, ich meine, das war doch echt heftig, so was braucht man ja wohl so dringend wie einen Kopfschuss, und dann so von wegen *wir haben keinen Sprit mehr*, da hat's bei mir fast ausgesetzt.«

Alter, warum redet sie so viel?

»So schlimm fand ich den Flug jetzt gar nicht«, sagt er. »Und es ist kein Hotel, es ist ein Bed & Breakfast.«

»Ist doch egal.«

»Meine Mutter sagt, das ist nicht egal, ein Bed & Breakfast ist nämlich viel schöner als ein Hotel.«

»Oh mein Gott.«

»Ja.«

»Warte hier«, sagt sie, »ich hol mir schnell was.«

»Bringst du mir was mit?«

»Was willst du haben?«

»Irgendwas mit Käse«, sagt er.

Heidi geht die fünf Schritte zum Café und stellt sich an den Tresen, warum bitte hat sie das Baby jetzt angequatscht, und warum hat sie überhaupt schon wieder so viel geredet, was soll das denn immer, sie ist doch am liebsten allein, aber das Reden kommt ihr regelmäßig dazwischen, sie redet eben einfach zu gern mit anderen Menschen oder sogar Tieren, und sie bestimmt auch einfach zu gern, mit wem sie redet, und dann saß der da eben so aufreizend allein auf der Mauer herum, und aufreizend allein herumsitzen, das gefällt ihr meistens schon mal sehr gut, und mit irgendwem muss sie ja auch mal über den Horrorflieger reden, und warum dann nicht mit Menschen, die zufällig auf einer Mauer in der Nähe sitzen.

Der Typ hinterm Tresen schaut sie mit leeren Augen an, sie weiß gar nicht, ob er sie überhaupt sieht, sie sagt »hallo«, und er antwortet zwar nicht, aber er legt den Kopf schief, warum auch immer, also bestellt sie was.

»Einen Frappé, bitte. Und irgendwas mit Käse.«

Der Typ dreht sich um und hantiert mit ein paar Sachen, sie kann nicht genau sehen, was er tut. Dann stellt er einen dampfenden, schwarzen Kaffee auf den Tresen und legt ein Croissant in einer Papierserviette dazu.

»Hm«, sagt sie, »na ja. Danke.«

Sie legt einen Schein auf den Tresen, der Typ nimmt den Schein und verschwindet. Sie geht zurück zu dem Jungen, seine Haare leuchten hellrot im frühen Licht, sie sind noch zerwühlt vom Teenagerschlaf, er ist da wahrscheinlich nicht mal mit seinen Händen durchgegangen, um sie wenigstens ein bisschen zu sortieren. Sein Nacken ist lang und glatt, er sieht ein bisschen aus wie ein Schwanenjunges, so hell und schmal und aufrecht und struppig, wie er da sitzt, sie setzt sich neben ihn, gibt ihm das Croissant und nimmt einen vorsichtigen Schluck von ihrem heißen Kaffee.

»Danke«, sagt er, »korrekt von dir.«

»Gab nichts mit Käse«, sagt sie.

»Egal«, sagt er, »trotzdem korrekt. Korrektes Croissant.«

Er lächelt.

Sie lächelt zurück.

»Wolltest du nicht was mit Eis und Zucker und Milch?«

»Gab nichts mit Eis und Zucker und Milch.«

»Komische Insel«, sagt er.

Sie nimmt noch einen Schluck Kaffee, diesmal schon mutiger, so heiß ist er doch nicht, und dann sagt sie: »Ich bin Heidi.«

»Ich bin Vincent.«

»Vincent«, sagt sie, »hast du zufällig ein Telefon dabei?

Meins ist irgendwie verschwunden seit gestern Abend, oder ich hab es vorhin einfach nicht gefunden.«

»Was ist ein Telefon?«

»Das fragst du? Ernsthaft?«

»Ja«, sagt er und legt seine glatte Stirn in ein paar rührende Falten.

»Wow.«

Sara kommt in den Frühstücksraum und setzt sich zu ihrem Mann an den Tisch.

Zu ihrem Mann.

An den Tisch.

In einer Ecke unterm Fenster.

Auf dem Tisch liegt eine blau-weiß gemusterte Tischdecke, Wellen, Meer, irgendwas in der Art, ausgeblichen, unbeholfen, das passt ja, denkt sie, aber sie denkt nicht daran, sich was zu essen zu holen vom Buffet, ach ja, Kaffee, denkt sie, aber sie fühlt sich erschöpft von der Dusche, vom Aufstehen, von der Nacht, gleich, denkt sie, gleich hol ich mir Kaffee.

Marc ist schon durch mit dem Frühstück, vor ihm steht ein abgegessener Teller, da war ein Brötchen drauf und ein Ei, sie sieht die Reste, Krümel, Schalen, ein bisschen Butter, ein benutztes Messer, Salz, neben dem Teller stehen ein halb leeres Glas Orangensaft und eine halb volle Tasse Kaffee.

»Warum sitzt du nicht draußen, im Innenhof, der ist doch ganz hübsch.«

»Jetzt mach kein Drama«, sagt er. »Es geht doch auch so.«

4621 Cahuenga Boulevard, Los Angeles

Ich schaue auf meine Hände im Schein der Schreibtischlampe. Ich schaue nie in den Spiegel, aber oft auf meine Hände. Sie haben sich verändert, sind trocken geworden, fast knittert die Haut. Ich bewege unauffällig die Finger und stelle wieder fest, dass offenbar auch die Knochen trocken geworden sind, oder wahrscheinlich eher die Gelenke. Sie lassen sich nicht mehr so schnell bewegen wie früher, und vor allem der rechte Mittelfinger will dem Kommando meines Gehirns nicht mehr richtig folgen. Stattdessen tut er weh.

»Was ist mit ihren Händen?«, fragt die Inspektorin, aber nicht, weil sie Mitgefühl hat, sondern weil sie alles wissen will, eine über die Jahrtausende erlernte Erbarmungslosigkeit.

»Ich hab Arthrose im Fuckfinger«, sage ich, und sie sagt: »Interessant.«

»Geht so«, sage ich. »Gibt Spannenderes.«

Sie hat das Gesicht eines kalten Engels, ihre Haare schimmern, ich schätze, sie leuchten im Dunkeln. Sie nimmt sich eine von meinen Zigaretten.

»Zum Beispiel?«

BLÖDERWEISE ELTERN

Heidi bringt ihre Kaffeetasse und Vincents leeres Milchshakeglas zurück an den Verkaufstresen des Cafés, schlendert zurück zu Vincent, bleibt vor ihm stehen und sagt: »Spaziergang? Vielleicht finden wir eine Telefonzelle.«

»Hä, was ist eine Telefonzelle?«

»Ich glaub's nicht, was bist du denn für ein dysfunktionaler Teenager? Na ja, egal. Los, komm.«

Sie hält ihm die Hand hin, er schlägt ein und lässt sich von ihr hochziehen, sie lässt seine Hand wieder los, sobald er neben ihr steht, und geht voran, auch wenn sie wie immer und überall noch nicht weiß, wohin genau der Weg führt, aber in den allermeisten Fällen, so viel hat sie inzwischen begriffen, kommt sie schon irgendwo an, der Trick ist nämlich, beherzt abzubiegen und nie einfach den geraden, offensichtlichen Weg zu nehmen, also biegen sie an der nächsten Ecke links ab und nochmal links und dann gehen sie ein gutes Stück geradeaus, bis sie das Meer riechen können.

»Da lang«, sagt Vincent und hält sich rechts, und sie folgt ihm. Ach, auch mal wieder schön, denkt sie, und dann sind sie am Wasser, an der nächsten, sehr alten kniehohen Mauer.

»Können wir hier ein bisschen Pause machen, nur so aufs Meer schauen?«, sagt Vincent, und Heidi sagt: »Klar«, und sie setzt sich zuerst auf die Mauer und schwingt die Beine zum Wasserblick und schaut sich den langen, dünnen Jungen von der Seite und von unten an. Er wirkt irgendwie erschöpft oder zumindest ungewöhnlich müde, als hätte er jahrelang nicht in den Schlaf gefunden. Sein Gesicht, seine Wangen, fast elfenbeinfarben. Er steht da und schafft es nicht mal, sich auf die Mauer zu setzen. Als könnte er umfallen, wenn er sich noch einmal bewegte.

Sie streckt wieder ihre Hand aus, er nimmt sie ein weiteres Mal und hält sich an ihr fest, atmet ein und wieder aus, als wäre ihm schlecht, Kreislauf oder so, wäre kein Wunder, denkt sie, so lang, wie der ist, und es dauert eine halbe oder ganze Ewigkeit, bis er sich ein Herz fasst und sich zu ihr setzt, den Rücken zum Meer, das Gesicht zur Stadt.

Dann nochmal eine Ewigkeit.

Dann dreht er sich um, als hätte er nicht zwei Arme und Beine zu bewegen, sondern vier oder sechs oder elf, und hat endlich auch das Mittelmeer im Blick.

»Wie Blei«, sagt er, »es fühlt sich echt an, als hätte ich Blei in den Knochen.«

»Bleirohre?«, sagt sie, und er nickt, und sie nickt auch, obwohl sie keine Ahnung hat, wie sich das anfühlt, ihre eigenen Knochen sind wie Sprungfedern, elastisch, schnell und auf Zack, aber Fragen stellen kann sie später immer noch, oder er erzählt ihr von selbst von dem Bleigefühl, und dann würde sie ihm auch von ihrem erzählen, haben genau genommen ja doch alle, nur eben alle anders.

»Ich hätte voll Bock, da reinzugehen«, sagt Vincent und zeigt auf die hübsch an den Beton klatschenden Wellen.

»Ich leg mich später da unten hin«, sagt Heidi und zeigt auf die Badestelle neben einer Badestellenbar, »aber jetzt hab ich meinen Badeanzug noch nicht an.«

»Ich meinen auch nicht«, sagt Vincent.

Sie kichern ein bisschen.

»Du kannst ja später mitkommen«, sagt Heidi, »wenn du willst.«

»Hast du keine Freunde, oder was.«

»Hier nicht.«

Sie lässt die Beine baumeln, schiebt sich die Sonnenbrille ins Haar und hält das Gesicht, die Augen geschlossen, in die Sonne.

»Ich hab ja blöderweise meine Eltern«, sagt er.

»So schlimm haben die gestern gar nicht ausgesehen.«

»Für sich allein sind sie total okay«, sagt er, »aber zusammen gehen sie gar nicht. Hölle.«

»Dann sprech ich sie lieber nicht an.«

»Auf gar keinen Fall sprichst du die an, echt nicht.«

Sie lässt den Kopf nach vorn kippen und die Sonnenbrille rutscht ihr wieder auf die Nase.

»Suchen die eigentlich nicht nach dir? Ist doch irgendwie schon fast elf.«

»Meine Mutter sucht in einer Tour nach mir.«

»Und dein Vater?«

»Ist cool.« Er klemmt sich die Hände unter die Oberschenkel. »Dem ist irgendwie egal, was ich mache.«

»Aha.«

»Du wolltest aber auch noch nach irgendwas suchen.«

»Wollte ich?«

»Ja, was war das, ich glaub, was mit Zelle.«

»Mit Zelle?«

Heidi nimmt die Sonnenbrille ab und sieht Vincent an. »Ja, du hast recht. Da war was.«

Er zuckt mit den Schultern.

»Ich kann mich nicht erinnern«, sagt sie und setzt die

Sonnenbrille wieder auf. »Zelle, wie bescheuert, was denn für eine Zelle.«

»Hab ich mir auch gedacht.«

Ihre Schultern berühren sich, vielleicht nur aus Versehen, und die Sonne gewinnt an Kraft.

»Und was machst du so beruflich, Vincent?«

»Ich komm in die Zwölfte, und du?«

»Ich bin Boss.«

»Haha, come on, sag mal ehrlich.«

»Ich bin Boss, ehrlich."

»Von was?«

»Mal dies, mal das. Ich mach eine Firma auf und dann verkauf ich sie wieder.«

»Echt? So was kann man machen?«

»Ja, das geht.«

»Und bist du nie traurig, wenn du eine Firma verkaufst, ich meine, es ist ja deine Firma.«

»Eigentlich nicht«, sagt sie.

»Aber?«

»Bei der letzten war's ein bisschen doof.«

»Wann hast du die verkauft?«

»Gestern früh um neun, kurz bevor ich zum Flughafen bin.«

»Für wie viel, Heidi.«

»Zwei Mille.«

»Alter.«

»Also, das gehört mir aber nicht direkt.«

»Wem dann?«

»Der Bank.«

»Ach so.«

»Ist auch egal, echt. Kohle ist komplett egal.«

»Erzähl das mal meinen Eltern.«
»Apropos«, sagt Heidi.

Von links kommt Marc anmarschiert, also er kommt nicht wirklich marschiert, er schlendert eher auf die beiden zu, *ganz* entspannt, wie er es sich selbst einredet, obwohl er zum *Zerreißen ge*spannt ist, nach dem Scheißstreit mit Sara wegen original nichts, es war wirklich *nichts*, er wollte einfach nur schnell an irgendeinen verkackten Strand, einfach mal ein bisschen *entspannen* alle zusammen, damit der *Druck* rausgeht, unter dem sie stehen, damit der Druck sich verziehen kann, aus dem Kopf und der Brust und rein in den Sand, ins Meer, und dann in der Sonne verglühen, er *weiß*, es hätte geklappt, aber *nein*, sie wollte sich »erstmal die Stadt anschauen«, *ganz entspannt*, und er hat gar nichts dagegen *gesagt*, beziehungsweise weiß er nicht mehr, ob er was gesagt hat, er hat doch nur *geschaut*, und sie so: »Was schaust du denn schon wieder so aggressiv«, und da ist ihnen der Moment, das *Gespräch*, wie immer unter den Fingern explodiert, rumms hat es gemacht, *rumms*, und genau genommen ist es ihm unter den Fingern explodiert, er ist laut geworden, und sie hat selbstverständlich angefangen zu heulen, die soll sich halt bitte nicht immer so anstellen.

Und da ist er gegangen, jetzt schaut *er* sich eben erstmal die Stadt an. Er könnte wetten, dass sie wiederum sich erstmal einen Drink organisiert hat.

Scheiß drauf. Wenn sie meint.

»Hier bist du«, sagt Marc und versucht ein Lächeln für seinen Sohn, ein Lächeln, das ohne den Streit mit seiner Mutter auskommt, ein Lächeln, das den ganzen Mist, also den kompletten Mist, in dem sie alle drei feststecken, außen vor lässt, das Lächeln gerät etwas schief, er spürt es, und er spürt auch den Schmerz, die bohrende Sehnsucht danach, dass es anders sein möge, aber so ist es nun mal, und das lässt sich eben nicht weglächeln, das lässt das Leben verrutschen.

»Ja«, sagt Vincent, »sorry, hab mich gar nicht abgemeldet.«

»Macht doch nichts«, sagt Marc und schaut Heidi an.

»Hey«, sagt Heidi, »ich bin Heidi«, und sie nimmt ihre Sonnenbrille ab.

»Hey«, sagt Marc, »ich bin Marc. Kennen wir uns?«

»Das Flugzeug«, sagt Heidi.

»Ach ja«, sagt Marc und atmet aus.

»Also«, sagt Vincent, »okay«, sagt er und sieht Heidi an, und er würde sich gern für später mit ihr verabreden, an dieser Badestellenbar da unten, aber er weiß nicht, wie er das angehen soll, wie er das klären soll, wie klärt man so was beziehungsweise wie klärt man eine erwachsene Frau, wie klärt man da überhaupt irgendwas als Sechzehnjähriger, und er sagt: »Bis dann.«

»Bis dann«, sagt Heidi und schaut zur Bar mit der Badestelle, »ich wollte eh schwimmen gehen, vielleicht sieht man sich ja nochmal.«

»Ja«, sagt Vincent, »oder so.«

Er schält sich von der Mauer, Marc stützt ihn unauffällig, doch es fällt natürlich schon auf, also Heidi registriert es, und Vincent registriert, dass Heidi es registriert.

Vater und Sohn machen sich auffällig unauffällig langsam auf den Weg in die nächstgelegene Altstadtgasse, Heidi bleibt noch ein bisschen auf der Mauer sitzen und versucht für ein paar Minuten, das alles einzuordnen, aber es gelingt ihr nicht.

Als Sara das zweite leere Glas zur Seite schiebt, geht es ihr nicht unbedingt besser, aber es geht ihr auch nicht schlechter, genau genommen geht es ihr gar nicht mehr, und das ist genau das, was sie wollte. Sie rutscht vom Barhocker, legt einen Geldschein auf den Tresen, nimmt ihre Tasche und geht vor die Tür, raus aus der etwas schäbigen, dunklen Bar ins Licht, das Licht fährt durch den vom Alkohol aufgeweichten Knoten ihrer Gedanken, durch ihren Körper, durch ihre Beine bis runter in ihre Fußsohlen und hält sie einen Moment lang fest, sie steht gerade wie eine Statue, bis die Wodka-Soda-Mischung in ihrem Blut die Statue zum Einknicken bringt, sie knickt in der Mitte ein, es ist immer die Mitte, die nicht hält, dann werden ihr die Knie weich, sie geht in die Hocke, kippt ein paar Zentimeter nach hinten, lehnt sich an die Wand, rutscht den Rest bis zum Boden einfach an der Wand runter und bleibt sitzen, legt den Knopf auf die nackten Knie, ihr Kleid rutscht hoch. Reiß dich zusammen, denkt sie, und sie reißt sich zusammen und atmet und gibt sich doch noch ein paar Minuten, vielleicht zehn.

Dann steht sie wieder, sie steht gerade dann wieder, als Vincent und Marc an der Ecke auftauchen und sich nach ihr umsehen, sie hat leider keine Sonnenbrille dabei, also stellt sie stattdessen die Augen scharf und den Mund weich, gelernt ist gelernt, Übung macht die Trinkerin. »Na«, sagt sie und strahlt ihren Sohn an, »alles gut?«

Vincent nickt, ihr zuliebe, und sagt: »Klar, Mom, alles gut.«

NICHTS IST GUT würde er gern schreien, aber das bringt ja auch nichts, und er mag diese Leute nicht, die immer nur noch ausflippen, weil sie so hilflos sind, wenn sie einmal angefangen haben zu denken oder auch weil sie aufgehört haben zu denken, also flippt er nicht aus, nie, und er schreit auch nicht, geschrien wird ja eh schon genug zu Hause, auch wenn die beiden, also DIE beiden sich einreden, dass er es nicht mitkriegt.

»Was ist jetzt«, sagt Marc, »Altstadt?«

Sara sieht sich nicht in der Lage zu antworten, sie lässt den Raum zwischen sich und ihrem Mann leer stehen.

»Altstadt«, sagt Vincent, der irgendwie gern in Heidis Nähe bleiben würde.

»Su-per«, das Wort rutscht unfallfrei über Saras Lippen.

Sie gehen los, auf einen Spaziergang durch die Gassen und an der Hafenmauer entlang, auf ein Mittagessen und ein Eis und einen Crash von Vincents System, der Crash kommt schon zwischen Mittagessen und Eis, auf dem Weg von der Taverne mit Blick aufs Wasser zum Eisladen mit Blick auf den Himmel, es sind nur ein paar Schritte, aber sie reichen aus: Die Straße fließt unter seinen Füßen weg, sein Arm an den Arm seines Vaters, die Verzweiflung seiner Mutter in seine Knochen, was die Knochen noch schwerer macht. Und die Pause im Park, die der Crash ihnen aufzwingt, überlagert alles, weil sie erst wieder zu Ende sein kann, wenn Vincent sich erholt hat.

Irgendwie, denkt Vincent, ist das immer am schlimmsten: zu dritt bewegungslos sein.

4621 Cahuenga Boulevard, Los Angeles

»Warum haben Sie nicht mal versucht, mit jemandem von uns zu reden?«

»Wegen der Arthrose im Fuckfinger?«

»Ich bitte Sie.«

Die Inspektorin steht auf und geht zum Fenster. Sie schiebt zwei offenbar besonders schwere Holzlamellen der Jalousie auseinander und schaut in die Dämmerung.

»Wegen der Sache.«

Ihre Silhouette ist nicht zu überbieten, weder an Perfektion noch an Eleganz noch an Hochmut.

Die Sache.

Ich zünde mir eine weitere Zigarette an, ziehe den Rauch in die Lungen, lasse Ringe in die Luft steigen, schaue den Ringen hinterher und schiebe das Brennen in meinen Gedanken zur Seite.

»Ich glaube nicht, dass mir zu helfen ist.«

Sie nimmt ihre Hand aus der Jalousie, die Lamellen schnurren wieder zusammen. Sie verschränkt die Arme vor der Brust und läuft durch den Raum. Wenn ich richtig sehe, beschreitet sie ein Quadrat.

Vor meinem Schreibtisch kommt sie zum Stehen und starrt zur Decke.

Ich starre auf ihre Taille.

»Die Sache ist«, sagt sie, und jetzt starrt sie mich mit einem falkenhaften Blick an, »dass Sie nicht mehr funktionieren. Und deshalb ist es nicht nur ihr Problem, sondern auch unser Problem.«

SONNENSEGEL

Claudius öffnet die dritte Flasche Weißwein, den guten aus Santorini, goldschimmernd und eiskalt, er hält die Flasche in die Sonne und beobachtet, wie das Licht sich in der Flüssigkeit fängt, er hält den Bauch in die Sonne und sieht, wie der Schweiß in seiner Brustbehaarung glitzert und auch in den grauer werdenden Haaren um seinen Bauchnabel, das ist vielleicht nicht so spritzig wie das, was in der Flasche passiert, aber interessant ist es schon auch, wie die ganze mächtige Gemengelage seines Körpers in der Sonne glänzt, während das Boot genauso gemütlich schwankt wie Claudius selbst. Die Wellen umspielen den Kiel, der Motor ist aus, der Anker liegt auf dem Grund, die Küste ist gleich da vorne links, es ist früher Nachmittag, und der Himmel brennt so schön.

Elisabeth liegt vorn am Bug in der Sonne, das kleine Deck reicht gerade für eine Frau, sie hat alle anderen im Rücken und deshalb auch zu großen Teilen aus dem Kopf oder zumindest weit genug weg von ihrem Hirn, sie atmet das Salz in der Luft, sie riecht die Sonnencreme auf ihrem Körper und ein bisschen auch ihren Schweiß, sie riecht sich selbst gern, sie findet, dass nichts an ihr schlecht riecht, nirgends. Sie legt eine Hand auf die warme Haut über der weißen Bikinihose, der andere Arm liegt über ihrem Kopf, sie streckt die Beine nochmal extra lang, zieht sie noch ein bisschen gerader, also länger, als sie sowieso schon sind, sie spürt ihr backofenheißes Blut zirkulieren, sie bleibt eine Weile in der Streckung, das ist eins ihrer Lieblingsgefühle – sich lang machen. Dann winkelt sie die Beine wieder an und zwischen ihren Oberschenkeln entsteht diese spezielle Lücke, und sie weiß: Benedikt sieht jetzt ganz genau hin.

»Ich frage mich, ob wir eigentlich mal wen anrufen sollten«, sagt Benedikt, »wegen der Sache mit dem Flugzeug.«

Vielleicht hat das ja irgendjemand mitgekriegt zu Hause, denkt er, also seine Eltern zum Beispiel oder Annikes Schülerinnen und Schüler oder eine der Geschäftsführerinnen von einem der Unternehmen von Claudius, und jetzt machen sich alle Sorgen. Er sitzt auf dem Dach des Motorboots und lässt die Beine baumeln, und die Sonne knallt ihm auf die Muskeln im Nacken, sein Blick fällt auf Elisabeth beziehungsweise, na ja, sein Blick liegt da streng genommen die ganze Zeit, versteckt hinter den dunklen Gläsern seiner Sonnenbrille, der Blick lag ganz in Ruhe auf ihren Beinen und wandert jetzt nach vorn zu ihren Füßen, zu den leuchtend rot lackierten Nägeln, und dann kriecht der Blick wieder zurück zu der Lücke zwischen ihren Oberschenkeln.

Claudius unterdrückt ein Rülpsen und sagt: »Anrufen? Was ist Anrufen?«

Annike liegt am Heck im Schatten des kleinen Sonnensegels, weil sie immer viel zu schnell braun wird, und dann hat sie gleich diesen übertrieben skandinavischen oder gar australischen Touch, dann sieht sie zu sehr nach Sport- oder Erdkundelehrerin aus, Deutsch und Geschichte nimmt ihr dann keiner mehr ab, und sie mag nicht mit etwas verwechselt werden, was sie nicht ist, sie liegt also im Schatten und trägt ihren gelben Lieblingskaftan, ein flatteriges, durchsichtiges Stück Stoff, schon sehr verwaschen. Früher war das Gelb kräftiger, inzwischen geht es über ins Pastellige, die Farbe ihrer Haare, es changiert so schön und gleicht sich dadurch den Farben der Umgebung an, es gleicht sie selbst fast den Farben der Umgebung an, es war ursprünglich mal ein Kleidungsstück für den großen Auftritt am Strand, aber das war vor über zehn Jahren, jetzt ist es ein Verschwindeteil, ein Tarnumhang, und das gefällt ihr, sie mochte es schon immer, nicht zu sehr aufzufallen, lieber sieht sie sich die anderen an, als selbst angesehen zu werden, und sie sieht die anderen auch, wenn sie die Augen zuhat. Sie sieht Benedikts baumelnde Beine und sieht ihn gleichzeitig morgens in die WG-Küche laufen, vor gut zwanzig Jahren, Elisabeth hatte ihn irgendwo aufgelesen, wie sie damals überall Typen aufgelesen hatte, Annike hatte die beiden ein paar Minuten vorher noch gehört, Elisabeth war offenbar gewaltig gekommen an jenem Morgen, und dann, als Elisabeth im Bad war, machte Benedikt sich einfach auf in die Küche. Annike hatte gerade Kaffee gekocht, es war weder ihm noch ihr unangenehm, und so hatten sie sich über die Monate danach angefreundet und dann irgendwann verliebt und dann halt auch noch geheiratet, und Elisabeth in ihrem Elfenbeinbikini mit ihrem Elfenbeinkörper und ihrem Elfenbeinherzen, kalt und zerbrechlich zugleich, war an Claudius hängen geblieben. Der saß dann auch eines Morgens bei ihnen in der Küche und schenkte im großen Stil den Kaffee aus, den wie immer Annike gekocht hatte, er tat es mit der gleichen Weltläufigkeit und echten Freude, mit der er jetzt den Weißwein ausschenkt. All das sieht Annike, und sie weiß selbst nicht, warum sie überhaupt irgendwas sehen kann, wo sie doch fast schon wieder auf ihrer Seite des Mondes ist, an diesem hell glühenden Tag, der eine dumpfe Kraft entfaltet, die das Boot – und Annike fragt sich, ob sie eigentlich die Einzige ist, die es merkt – immer wieder zur Küste zurückzieht.

»Enorme Strömung hier«, sagt Claudius in diesem Moment und drückt den nackten Bauch nach vorn, »ganz enorme Strömung, ich komm gar nicht richtig raus aufs offene Meer, dabei hab ich ja echt PS unterm Arsch.« Und Elisabeth sagt: »Das ist das Boot, das Boot hat die PS unterm Arsch, nicht du, Claudio-Baby.« Und während Benedikt sich räuspert, um ein Lachen zu unterdrücken, denkt Annike: Aha, das bilde ich mir also nicht einfach nur ein, Claudio-Baby merkt es auch.

»Wollten wir nicht noch schwimmen, Elisabeth«, sagt Benedikt.

Annike will nicht schwimmen, sie will hinterm Mond liegen.

Elisabeth steht auf, zirkelt den Bikini zurecht, sagt: »Ja, stimmt, ich muss mich echt nochmal bewegen, ich schlag hier gleich Hitzewurzeln.« Und: »Wo ist denn meine Schwimmbrille ... ah, hier.« Sie bindet sich die Locken zu einem hohen Knoten, setzt die verspiegelte Schwimmbrille auf und springt ins Wasser, die Wucht des Sprungs drückt ihr die Brille auf die Nasenwurzel, sie atmet den kurzen, stechenden Schmerz weg und wartet einen Moment, bis das Silikon um die Gläser sich in ihre Augenhöhlen gesaugt hat, und dann schwimmt sie los, gleichmäßige, mittelschnelle Züge durch die sachte tanzenden Wellen, sie vergisst für ein paar Momente alles, und hinter ihr springt Benedikt ins Wasser. Er hat nicht ihre technischen Fähigkeiten, aber er hat Kraft, und er hat den starken Willen, ihr zu folgen.

Zehn Züge später ist er gleichauf mit ihr, sie ziehen im Takt und schwimmen auf die Küste zu, hundert Züge später sind sie überraschend nah an der Küste, als hätten sie Rückenwind.

Das muss diese Strömung sein, die Claudius meinte.

Elisabeth hält inne, sieht Benedikt an, es ist jetzt wirklich lange her, es reicht, da vorn ist eine Felsenzunge, dahinter könnte eine kleine Bucht sein oder zumindest eine ruhige Ecke, sie sind gleich außer Sichtweite des Boots. Es ist ganz einfach, sie schwimmt voran, er hinterher, sieben bis acht Minuten müssen sie schwimmen, dann verschwinden sie hinter den Felsen und ziehen sich die Schwimmbrillen vom Gesicht, lassen sie einfach um den Hals hängen, Benedikts Hände finden Elisabeths Taille und auch der Rest findet sich, es ist das erste Mal seit zwei oder drei Wochen, nicht mal das Salz im Wasser nervt, sie nehmen es gar nicht wahr, und auch, dass sie untergehen, ist egal, sie tauchen wieder auf und wieder ab und auf und ab und auf, und die Sonne brennt auf ihre Köpfe, gleißend und hell, die Wellen rauschen in ihren Ohren und in ihrem Blut, es ist wie immer, wenn sie es tun, sie sind keine zwei Menschen mehr, sondern nur noch ein einziger Organismus, wie zufällig gebaut aus einem Mann und einer Frau.

Annike blinzelt ins Licht, das durchs zerschlissene Sonnensegel fällt, sie blinzelt in die Stille, die sich auf dem

Boot breitgemacht hat, ist denn gar niemand mehr hier oder was, sie richtet sich auf, setzt sich hin, dreht sich um und macht die Augen doch mal richtig auf, ach so, da, wo eben noch Elisabeth gelegen hat, liegt jetzt Claudius auf dem Bauch, mit seiner Masse könnte er Elisabeth glatt unter sich verschwinden lassen, aber sie ist ja sportgestört und im Wasser, und Benedikt auch. Annike steht auf, nimmt das Weinglas in die Hand, das Claudius vorhin neben ihr abgestellt hat, schüttet die Hälfte des warm gewordenen Weins ins Meer und gießt ein bisschen kalten Wein nach.

Dann holt sie den Anker ein und wirft den Motor an.

Claudius grunzt, aber er beschwert sich nicht, er hat den Bootsführerschein erst seit drei Jahren, Annike ist in ihrer Kindheit schon gesegelt, Claudius sagt also nur: »Pass auf die Strömung auf.« Sie sagt: »Ja, ja, schon gut«, dreht das Boot zum offenen Meer und gibt Gas.

Das Boot schafft es einen halben Kilometer nach draußen, dann kommt es nicht mehr voran.

»Merkwürdig.«

Sie denkt eine Minute darüber nach, während sie das Wasser beobachtet, findet aber keine Erklärung und tippt auf eine Unterströmung, dann nimmt sie noch einen großen Schluck Wein, der Wein ist wirklich hervorragend, sie macht den Motor aus, lässt den Anker zurück ins Wasser, geht wieder in den Schatten und hält Ausschau nach den beiden, die schwimmen.

Benedikt hält Elisabeth fest im Arm, er sitzt auf einem kleinen Vorsprung hinter der Felsformation, hinter der sie sich versteckt haben, er genießt die innige Ruhe, die es jedes Mal hervorbringt, mit Elisabeth Sex zu haben, Elisabeth gönnt ihm die Ruhe, sie selbst hat das nicht, sie steht auch einfach nicht so auf Ruhe, aber sie gönnt sie ihm, weil er ihr kurz davor so viel schenkt, das für sie wichtig ist, das ganze Paket einer radikalen, frei fliegenden Art von Liebe ohne Ketten, obwohl sie beide eher nicht von Liebe sprechen würden.

Sie küsst ihn auf den Hals, spielt mit ihren Lippen an seiner Schwimmbrille, er hat die Augen zu, sie hat die Augen auf, weil sie seinen Nacken so gern anschaut, und da sieht sie im Süden etwas, das ein Wetter sein könnte, ein sehr schlechtes Wetter, aber es ist dichter und dunkler als einfach nur dunkle Wolken, im ersten Augenblick denkt sie, oh nein, wo ist das Boot, und: nicht nochmal so ein hartes Gewitter wie gestern, bitte, nicht nochmal, einfach nur nein, sie sagt: »Benedikt.«

»Ja?«

»Schau dir das mal an.«

Benedikt schaut es sich an.

»Scheiße, was ist das?«

»Übles Wetter«, sagt sie.

»Das wäre eine ganz neue Dimension von Wetter«, sagt er, »schwimm los, ich schwimm hinter dir, und gib Gas.« Und sie setzen sich die Brillen auf, zurren sie fest, weil ja vermutlich mit Seegang zu rechnen ist, auch wenn Benedikt weiß: Das ist kein Wetter, das ist schlimmer.

Und dann ab dafür, ab nach Norden zum Boot, während sich die Dunkelheit im Süden Schicht um Schicht stapelt, sich verdichtet, sich zusammenzieht und gleichzeitig ausbreitet wie etwas, das dich frisst, ohne zu kauen.

4621 Cahuenga Boulevard, Los Angeles

Sie hat sich wieder auf den Stuhl gesetzt, und ich frage mich, wann sie eigentlich vorhat zu gehen.

»Haben Sie was zu trinken?«

Ich ziehe die Schreibtischschublade auf und hole das halb leere Glas, ein frisches Glas und die halb volle Flasche Scotch raus und stelle alles zwischen uns auf den Tisch.

»Ah«, sagt sie, »hatte ich Sie unterbrochen?«

»Möchten Sie was trinken, oder nicht?«

»Bitte«, sagt sie.

Ich schenke ihr ein und mir noch einen Schluck nach.

Wir trinken, und ich sage: »Es tut mir leid.«

»Das wollte ich gerade sagen.«

»Nett von Ihnen.«

»Danke, nett sein gehört nicht zu meinen Kernkompetenzen.«

»Macht nichts, meine Kernkompetenzen sind auch nicht mehr das, was sie mal waren.«

»Genau deshalb bin ich hier.«

Ich trinke mein Glas in zwei großen Schlucken aus. In zwei großen Schlucken Gläser austrinken ist vielleicht die einzige meiner Kernkompetenzen, die noch fehlerfrei abrufbar ist.

»Ich kann Ihnen aber nicht helfen, wenn Sie nicht mit mir reden.«

»Sie wollen mir helfen?«

»Was dachten Sie denn?«

»Dass Sie hier sind, um mich rauszuschmeißen.«

»Ach, kommen Sie, wir sind wie der internationale Drogenhandel, da kann man nicht einfach anheuern und wieder gehen. Also können wir Sie auch nicht rausschmeißen, das würde nur noch mehr durcheinanderbringen. Sie bleiben schön im System.«

»Aber?«

»Sie biegen das wieder gerade.«

Jetzt leert sie ihr Glas in, sagen wir, drei großen Schlucken, und da ist auch einige Erfahrung im Spiel.

»Und ich helfe Ihnen dabei.«

»Warum zur Hölle sollten Sie mir helfen wollen?«

Sie stellt ihr Glas etwas zu schwungvoll auf meinem Schreibtisch ab.

»Das nennt man Management.«

PHANTOMSCHMERZEN

Die Bar, die eigentlich ein Strand ist, und der Strand, der eigentlich eine Bar ist, sind halb aus Beton gemacht und halb aus Klippen, die ins Meer ragen, es ist alles mehr oder weniger passend ineinandergegossen und absolut perfekt, um auf einer der Liegen vor sich hin zu dösen oder gleich auf dem heißen Stein. Heidi liegt auf einem eleganten, dunkelblauen Badetuch mit eingewebten Goldfäden, sie liebt das Handtuch, es war das erste teure Stück, das sie sich jemals gegönnt hat, vom ersten großen Jahreseinkommen, und es musste ein Badetuch sein, weil es das früher nicht gegeben hat, weil wer wie ihre Eltern fünf Kinder ernähren muss von einem kleinen Gehalt, liegt höchstens auf von anderen Leuten aussortierten Badetüchern, wenn überhaupt mal irgendwo gelegen werden kann, an einem Baggersee oder einem Flussufer.

Heidis Badetuch ist eins vierzig mal zwei Meter groß, weich wie Seide und dick wie eine Decke, und die Goldfäden glitzern in der Sonne.

Seit zwei Stunden denkt sie darüber nach, ins Wasser zu gehen, aber es reicht vielleicht schon, dem Wasser dabei zuzuhören, wie es gleichmäßig gegen die Steine schlägt, unbeeindruckt von dem, was alle immer so beeindruckend finden – Weltlage, Liebe, Tod. Hin und wieder kommt ein bisschen Gischt auf ihrer Haut an, und so denkt sie weiter darüber nach, ob sie jetzt reinspringen soll oder nicht, und sie denkt ununterbrochen über eine Zigarette nach. Sie hat auf dem Weg hierher eine Schachtel gekauft (an einem der Kioske, die aussehen wie kleine Zirkuskarusselle), sie ist erst brav an den Zigaretten vorbeigelaufen, aber nach dreiundzwanzig Schritten (mitgezählt) hat sie sich nochmal umgedreht, hat innegehalten, in den Himmel geschaut, in Wahrheit aber den Kiosk nicht aus den Augen verloren. Der Himmel blieb unbeweglich, egal, wie erbarmungslos sie ihn ansah, der Kiosk hingegen fing ganz sachte an, sich zu drehen, um das runde Dach herum blinkten Lichter, und ihr war, als würde sie eine schengelige Melodie hören, als würde in den klapprigen Wänden jemand mit einer winzigen Drehorgel sitzen.

Hatte sie also richtig getippt. Keine Kioske – Zirkuskarusselle. Mit den Dingern, dachte sie in jenen Minuten, ist es ein bisschen wie mit mir. Man muss nur die Möglichkeiten sehen, und man darf sich nicht ins Bockshorn jagen lassen. Und die Zigaretten dann eben in drei Teufels Namen kaufen. Also macht sie die nagelneue Schachtel auf und holt eine Zigarette raus und auch das silberne Sturmfeuerzeug, das sie immer in ihrer Tasche hat, und sie zündet die Zigarette an und zieht den Rauch bis in ihre Zehenspitzen, sie hält die Zigarette in der linken Hand, die rechte liegt rechts neben ihrem Herzen, genau da, wo die Narbe beginnt, und jeder Zug, den sie von der Zigarette nimmt, erhöht den Druck auf die Stelle, und sie denkt: Phantomschmerz.

Seit Vincent weg ist, runter ans Wasser, weil er keine Nerven mehr hatte für ihre langen Gesichter, ist klar, dass der Crash vorbei ist, und so sitzen Sara und Marc in ihrer ganz eigenen Erschöpfung auf der Terrasse einer Taverne gegenüber vom Park und schauen sich nicht in die Augen und halten sich nicht an den Händen und warten stattdessen nur noch auf den Wein und auf sonst nichts mehr.

Der Kellner stellt eine große Karaffe voll kaltem Weißwein auf den Tisch, und Marc bestellt doch noch was zu essen dazu, Oliven, Feta, gefüllte Weinblätter, Datteln mit Speck, Tsatsiki, Brot, als der Kellner wieder weg ist, sagt Sara, dass das doch viel zu viel ist, und schenkt den Wein in die Gläser, die Gläser sind randvoll, Marc sagt nichts dazu, sie sagt: »Schnell abtrinken.«

Sie trinken ab, sie langsamer als er, denn sie weiß, dass er weiß, und trotzdem trinkt sie lieber langsam, man weiß ja nie so richtig, und bloß nicht auffallen, nicht auffallen ist wichtig, am allerwichtigsten ist, dass Vincent nichts auffällt.

Nach dem ersten Glas Wein kommt das Essen, das tatsächlich viel zu viel ist, und Marc schenkt nach, und sie trinken beide ein zweites Glas, diesmal trinken sie gleich schnell, und dann ist es Marc, der Saras Hände nimmt und ihren Blick fängt, und sie hält seine Hände und auch seinen Blick und er fragt ohne Worte, wie das passieren konnte, und sie sagt: »Niemand wollte das.«

Und sie isst mit der linken Hand, und er mit der rechten, denn mit den anderen halten sie sich immer noch fest, und der Wein geht weg wie nichts, und nach dem dritten Glas ist da ein Moment alter Vertrautheit, fast könnte wieder Liebe daraus werden, aber für Liebe fehlt die entscheidende Sekunde, ein gemeinsam gefühltes Vertrauen, und so kippt die Situation ins Unsichere, und weil Unsicherheit schlecht auszuhalten ist, zieht Marc seine Hand weg, und Sara schenkt mit der frei gewordenen Hand Wein nach und leert das Glas noch schneller, als sie nachgeschenkt hat, und da flippt Marc aus, noch schneller, als sie getrunken hat.

Die Härte in seinen Augen, der Zug um seinen Mund. Er springt auf, er wird ganz kurz ganz laut, nur ganz kurz, was ist denn daran so schlimm, JETZT BIN ICH WIEDER SCHULD ODER WAS, und mit fünf großen Schritten hat er die Terrasse verlassen, und Sara ist allein.

Sie starrt in den Park, in die idyllisch beleuchteten Bäume.

Sie legt das Geld auf den Tisch. Dann geht sie in die nächste Bar und bestellt einen Wodka Soda, das heißt, sie versucht, einen Wodka Soda zu bestellen, aber der Barmann beachtet sie nicht, sie denkt, dass es vielleicht an ihrem Alter liegt, vielleicht wird sie ja langsam unsichtbar.

»Hey, na?«

»Hey, da bist du ja. Ich hab gar nicht mehr mit dir gerechnet.«

Heidi trägt ein schwarzes T-Shirt und einen schwarzen, geraden Rock, aus dem lange, gerade Beine rausschauen. Vincent steht vor ihr, und sie hängt vor ihm rum, in einer Draußencouch am Rand der Bar, die in Wirklichkeit ein Strand ist, und im Hintergrund hängt der indigofarbene Himmel mit seinem Sternenzelt, und es entsteht in aller Ruhe und gleichzeitig schnell wie der leichte Wind das, was sich schon am Morgen zwischen ihnen angekündigt hatte: Nähe. Als wären sie gar nicht einsam.

Heidi rutscht ein Stück rüber.

»Setz dich doch.«

Vincent lässt sich in das Loungemöbelstück fallen.

Heidi steht auf.

»Was willst du trinken?«

»Was trinkst du?«

»Tequila Sunrise.«

»Ich nehme das Gleiche, nur ohne Tequila.«

»Ohne Tequila?«

»Ja, ist besser.«

»Ich bin gleich wieder da.«

Sie geht zum Tresen, und Vincent streckt die Beine aus und rutscht tiefer und legt die Arme hinter den Kopf und nimmt Kontakt zu den Sternen auf. »Hey, na«, flüstert er, »da seid ihr ja, ich hab gar nicht mehr mit euch gerechnet.« Und die Sterne flüstern: Natürlich sind wir da, hab keine Angst.

Ich hab keine Angst, mit Angst bin ich durch, Angst kann kacken gehen, Angst hilft mir hier auch nicht weiter.

Was bist du für ein komischer Teenager, schimmern die Sterne, und Vincent grinst, und Heidi ist zurück mit den Drinks und registriert sein Grinsen, das nicht ihr gelten kann, weil sie ja gerade erst wieder da ist und weil es so innerlich aussieht, also erwähnt sie es nicht und setzt sich zu ihm und drückt ihm ein Glas in die Hand.

»Der Typ hat jetzt zweimal Limonade mit Grenadine gemacht, keine Ahnung, irgendwie hat er mich nicht richtig verstanden, obwohl ich es sogar auf Griechisch gesagt habe, als er mich so verständnislos, nein, warte, teilnahmslos angeschaut hat.«

»Du kannst Griechisch?«

Sie stoßen an und trinken.

»Mein Vater ist Grieche, eigentlich heiße ich auch gar nicht Heidi. Heidi ist nur mein zweiter Vorname, meine Oma hieß so, eigentlich heiße ich Nefeli.«

»Schöner Name«, sagt Vincent. »Klingt, als würde er was bedeuten.«

»Tut er auch«, sagt Heidi.

»Was denn?«

»Sag ich nicht.«

»Irgendwie hast du was von einem Comic.«

»Ja, das hab ich schon öfter gehört.«

Sie schaut ihn von der Seite an.

»Du aber auch.«

»What.«

»Ja, was mit Asterix.«

»Asterix ist winzig.«

»Ich meine ja auch nicht Asterix persönlich, aber einer aus der Truppe halt.«

»Ein Gallier?«

»Ein Römer bist du auf jeden Fall nicht. Wie schmeckt dein Drink?«

»Richtig gute Limonade, richtig süß, richtig gut bestellt, Nefeli.«

»Ich heiße Heidi.«

»Tust du nicht.«

»Du kleines Arschloch, dir erzähl ich gar nichts mehr.«

Sie zündet sich eine Zigarette an.

»Willst du auch eine?«

»Ich hab vor zwei Jahren zwei geraucht und dann sofort wieder aufgehört.«

»Ich hab auch aufgehört.«

»Nein, Nefeli, hast du ganz offensichtlich nicht. Sorry. Heidi.«

»Also, was ist jetzt – willst du eine?«

»Vielleicht halt ich sie einfach nur in der Hand …?«

»Ja, lass erst mal schauen, ob es dir überhaupt steht.«

Heidi zieht an ihrer billigen griechischen Zigarette und reicht Vincent die Packung, und er fummelt sich ungelenk eine Kippe raus und steckt sie sich in den Mundwinkel, als wäre sie ein Strohhalm, und sagt: »So?«

»Nein, anders.«

Vincent schiebt die Zigarette vorn zwischen die Lippen und macht ein Fischgesicht.

»Ja, genau so, Winnie!«

»Nenn mich nicht Winnie.«

»Dann nenn du mich nicht, du weißt schon.«

Vincent kaut auf seiner trockenen Zigarette. »Okay, Gleichstand.«

Heidi hebt ihr Glas und prostet den Sternen zu. »Und? Wie ist dein Urlaub bisher?«

»Ich bin mit meinen Eltern hier, was glaubst du.«

»Meine Eltern hatten nie Geld für Urlaub.«

»Das tut mir leid.«

»Ach, gibt echt Schlimmeres.«

»Ich weiß.«

»Eben, ich auch.«

»Was ist es bei dir?«

»Das Schlimmere?«

»Ja.«

»Erzähl ich dir vielleicht später. Was ist es bei dir?«

»Erzähl ich dir gleich. Wie ist dein Urlaub bisher?«

»Bis auf die Sache mit dem Flugzeug gestern.«

»Und was hast du noch vor?«

»Ein Auto mieten und in den Norden fahren, da gibt es Steilküsten und geile Strände.«

»Wann fährst du?«

»Weiß ich noch nicht.«

»Kann ich mitkommen?«

»Du bist mit deinen Eltern hier.«

»Können mich am Arsch lecken.«

»Vincent.«

»Ist doch wahr, ey. Die streiten oder machen lange Gesichter, das halte ich keine ganze Woche aus.«

»Ihr seid nur für eine Woche auf die Insel geflogen?«

»Ja, das ist wegen mir. Ich hab Termine.«

»Wie alt bist du genau?«

»Ich werd im November siebzehn.«

»Was hat man in deinem Alter denn für Termine, was kann wichtiger sein als Ferien, also ehrlich.«

»Arzttermine.«

Sie sieht ihn an und zieht die zerkaute Zigarette aus seinem Mund, er nimmt sie ihr wieder aus der Hand und steckt sie zurück zwischen die Lippen, sie drückt ihre Zigarette im Aschenbecher aus.

»Warum mach ich das, Rauchen ist so sinnlos.«

»Vielleicht ist es egal.«

»Ja, das hab ich mir vorhin auch schon gedacht. Willst du drüber reden?«

»Über Zigaretten?«

»Über Arzttermine.«

»Gibt nicht viel zu reden, ist eh alles, wie es ist, da ändert sich nichts mehr.«

»Hast du Schmerzen?«

»Das kommt noch. Das mach ich aber nicht.«

»Wie, das machst du nicht?«

»Wir haben bei uns in der Ecke jede Menge gute Brücken, ich such mir dann einfach eine aus.«

Vincent steckt sich die Zigarette hinters Ohr, setzt sein Glas an und trinkt es aus, es schmeckt wirklich fabelhaft süß.

»Einmal im Leben von so einem Ding springen, verstehst du?«

»Verstehe.«

»Das will man doch mal machen.«

»Vielleicht will man das, ja.«

»Ich will das. Und ich mach das.«

Heidi nickt und nippt an ihrer Limonade, und auch wenn sie bleibt, wo sie ist, und nicht an Vincent ranrutscht, rutschen ihre Gedanken an ihn ran, ganz von allein machen die das, Heidi sieht es in Vincents Gesicht, sie kann sehen, dass er es spürt, und es ist ihr kurz unangenehm, doch sein Gesicht zieht sich nicht zurück, seine Gedanken ziehen sich nicht raus, sie kommen ihr sogar ein Stück entgegen, für einen Moment berühren sich ihre beiden Welten, sie verbinden sich miteinander wie zwei tanzende Schlangen.

Dann sind beide wieder vollständig an ihren jeweiligen Plätzen in den beiden Ecken des Loungemöbelstücks.

»Also, was ist jetzt?«

»Was ist womit, Vincent?«

»Mit dem Auto und den Stränden im Norden, kann ich da mitkommen?«

»Du musst deine Eltern fragen.«

»Sicher.«

Sicher sagt sein Vater auch immer, und nichts ist sicher, nur weil sein Vater es sagt, sicher ist wirklich nur eine Sache, und zwar, dass Vincent seinen achtzehnten Geburtstag nicht erleben wird.

Weil es Nacht ist und der Himmel so schwarz wie das Loch im Meer südöstlich der Stadt, kann niemand sehen, dass das Loch Stück für Stück weiter ans Land herankriecht, dass es sich, ja: ausbreitet.

4621 Cahuenga Boulevard, Los Angeles

»Ich habe einen großen Fehler gemacht«, sage ich.

»Das weiß ich«, sagt sie.

»Das meine ich nicht. Das war der zweite Fehler. Der erste ist das Problem.«

»Hab ich was nicht mitgekriegt?«

»Konnten Sie nicht mitkriegen. Ist in meiner Freizeit passiert.«

»Was ist Freizeit?«

»Sie wissen schon.«

»Nein«, sagt sie, »weiß ich nicht.«

»Irgendwann macht man das alles auf der halben Arschbacke. Dann sind die Reisen nicht mehr ganz so schwer, dann wird es leichter, dann wird die innere Last geringer, es bricht einem nicht mehr jeden einzelnen Tag das Herz. Und dann ist da halt freie Zeit.«

Sie schiebt mir ihr Glas hin und lässt mich nicht aus den Augen, während ich nachschenke, erst ihr, dann mir.

»Die freie Zeit verbringt man dann mal hier drin, mal da draußen.«

»Das haben Sie nicht gemacht.«

»Machen alle.«

»Das ist verboten.«

»Entspannen Sie sich.«

»Nein.«

Sie trinkt, ich trinke, sie ist jetzt schon stinksauer, so viel ist klar.

»Hat jemand Ihre Füße gesehen, also die Knöchel?«

»Ja.«

»Was haben Sie gemacht, Sommerferien?«

»Ich war nackt.«

»Nein.«

»Doch.«

Sie stellt ihr Glas mit einem Knall auf meinem Schreibtisch ab, steht auf, geht zum Fenster, dreht sich mit dem Rücken zur gnadenlosen Nacht da draußen und schaut mich an.

»Keine Sorge«, sage ich, »man kann es draußen nicht sehen, draußen sind meine Knöchel so wie alle anderen auch, es fällt wirklich nicht auf.«

»Was glauben Sie eigentlich, wer Sie sind?«

Ich hatte bis vor nicht allzu langer Zeit keine Ahnung, wer ich bin, aber inzwischen hab ich es begriffen, und diese Erkenntnis sollte man ehrlich gesagt niemandem zumuten.

SCHNEEFLOCKEN

Vincent wacht auf und denkt an das Auto, seit gestern Abend denkt er an das Auto, er kann nicht aufhören, sich vorzustellen, wie es wäre, in dieses Auto zu steigen, im Übrigen findet er, sie sollten am frühen Abend losfahren, wenn die Sonne gerade untergegangen ist und seine Mutter schon safe einen drinhat, wenn sein Vater durch die Gegend läuft und kocht vor Wut, dann sind die beiden abgelenkt, und dann könnte er. Und das Licht wäre so schön. Und Heidi auch.

Heidi denkt an das, was im letzten Jahr war, an den Laden, der ihr doch mehr am Herzen lag als die übrigen, weil er die beste Idee ihres Lebens war und Ideen loszulassen nie leicht ist, sie denkt an ihre verloren gegangene Brust, an das ganze Blut, an die Nacht, als es passiert ist, sie denkt, dass sie spätestens morgen ein Auto mieten sollte, zu lange irgendwo zu bleiben macht das mit dem Loslassen ja nicht einfacher.

Aber ein bisschen denkt sie auch über gestern Abend nach, über Vincent, halb Kind, halb Mann. Wie gut das war. Wie leicht die Fragen und auch die Antworten.

Sara wäre gern wütend über den gigantischen Fuck-up, in dem sie gelandet ist, nur einmal würde sie gern schon gleich am Morgen alles so richtig hassen, aber das erlaubt sie sich nicht, das darf sie nicht, sie ist die Mutter, ihre Antwort auf Chaos, auf Erschütterung und Schmerz muss Liebe sein, da kommt sie nicht raus, was wäre sie denn sonst für eine Mutter, eine, die hasst. Und natürlich liebt sie ihren Sohn, ihr Sohn kann nichts für das, was ihm widerfährt, und nichts für die zerstörerische Unfähigkeit seiner Eltern, halt, nein: seiner Mutter.

Marc ist wütend, er ist auf eine körperliche Art wütend, sobald sein Gehirn sich anschaltet, könnte er kotzen, es ist wie ein Sturm aus flüssigem Mist, der seinen Verstand wegfegt, und im Zentrum des Sturms steht die Frage, warum ausgerechnet *sein* Sohn diese idiotische Krankheit haben muss, diesen tödlichen *Scheiß*, der sie alle aneinanderkettet, warum er und Sara sich davon aneinanderketten lassen, und warum Vincent eigentlich immer noch da ist, und für diese Frage hasst er sich gleich *noch* mehr. Er weiß natürlich, dass niemand Schuld hat an der Lage und dass die Schuldfrage nur seine Wut füttert. Er weiß das alles. Er möchte nicht hassen. Er möchte lieber lieben. Aber *die WUT.*

Claudius spürt den Klumpen Teer in seinem Inneren, diese schwere, konturlose Masse, die alles verklebt, und gleichzeitig tropft der Teer auch zäh von der Decke, es gibt keinen Schutz vor den teerschweren Gedanken, Claudius versucht trotzdem, einen inneren Wall zu errichten aus den Bildern, die er von sich konstruiert hat, zum Beispiel gestern: er als Skipper auf dem Boot. Und zum Beispiel: er als der Chef von allen anderen, er, wie er in Geldscheinen badet. Lächerlicher Versuch, der klebrige Klumpen erstickt ihn fast, von innen und von außen.

Elisabeth ist die Einzige, die weiß, wie einsam er

manchmal ist, und er weiß, das ist vermutlich auch der Grund, warum sie immer noch mit ihm zusammen ist, auf eine Art.

Elisabeth wird eine Sprudeltablette, die jemand in ein Glas geworfen hat, der Auflösungsprozess macht sie leicht und fliegend, sie fliegt ohne großen Aufwand im Kreis, sie ist die filigrane Tänzerin auf einer bunten, sich zu langsamer Musik drehenden Spieldose, es fühlt sich an wie etwas, dem jede Ernsthaftigkeit fehlt, jedes Ziel.

Benedikt analysiert die letzten beiden Tage, vom missglückten Landeversuch im Gewitter bis zu dem schwarzen Loch am Himmel, er riecht einen Braten, weiß aber nicht, was für ein Braten das sein soll. Und er fragt sich, warum dieses Flugzeug eigentlich nicht abgestürzt ist.

Annike weigert sich, mit dem Denken anzufangen, sie dreht sich nochmal um und verwandelt sich in einen Mondstein, der ganz leise schimmert, man muss schon sehr genau hinschauen, um es zu sehen, weil die Vorhänge noch zugezogen sind.

Die elisabethanische Sprudeltablette wartet ein paar Minuten, bis sie wieder eine etwas festere Form angenommen hat, dann steht sie leise auf, putzt sich die Zähne, wirft ein Kleid über und verschwindet aus der Situation, die sie mit Claudius kommen sieht. Sie kann ihm in dieser Form sowieso nicht helfen bei seinem Einsamkeitsding. Also läuft sie im fliegenden Kleid und gewohnt feinstofflich durch die Gassen der kleinen Inselstadt, vorbei an den pastellfarbenen, venezianisch anmutenden Häusern, vorbei an den sich öffnenden Bäckereien und Bars, zwischen den Menschen hindurch, die sie überhaupt nicht wahrnehmen, was sie irritiert, aber nicht genug, um sich weiter damit zu beschäftigen. Sie ist auf dem Weg zur Steilküste, weil sie hofft, dass Benedikt dort irgendwann auftaucht, aber dann sieht sie, am Tresen einer offenbar frühen Bar, blaues Haus, rot-weiße Markise, Marc.

Sie hat das Gefühl, ihn zu kennen, seine massive, kantige Statur interessiert sie und auch sein harter Blick. Er sieht aus wie jemand, der verlernt hat zu spielen, das findet sie anziehend, und er tut ihr leid.

Sie setzt sich zu ihm an die Theke und sieht ihn an.

»Was haben Sie vor, Spirituosenfrühstück?«

»Woher wissen Sie?«

Elisabeth zuckt mit den Schultern.

»War ein Schuss ins Blaue, ich wollte nur mit Ihnen ins Gespräch kommen.«

Er lächelt, es sieht ungelenk aus, als müsste er auch das Lächeln erst wieder lernen.

»Was ist jetzt, sollen wir uns einen genehmigen, wo Sie gerade sowieso dabei waren?«

»Na ja«, sagt er, »wozu ist man verheiratet, wenn man sich nicht wenigstens ein paar Sachen von seiner Frau abschauen kann.«

»Ihre Frau trinkt?«

»Sie sind ganz schön direkt.«

»Trinkt sie?«

»Ja. Unsere Ehe befindet sich auf der Zielgeraden.«

»Wow, von wegen ich bin direkt.«

»Sind Sie verheiratet?«

»Mein Mann und ich sind vielleicht nie so weit gekommen wie Sie und Ihre Frau, eine Zielgerade hat ja zumindest was Dynamisches.«

»Ich bestell uns mal zwei Drinks, ja?«

Sie nickt.

Marc bittet den Barmann um zwei Whiskey Sour, der macht irgendwas daraus, was eher in Richtung Campari Soda geht.

»Auch nicht schlecht«, sagt Marc und: »Sagen Sie, kennen wir uns eigentlich?«

»Ich weiß nicht. Aber Sie kommen mir bekannt vor.«

»Kann es sein, dass Sie auch in dem Horrorflieger waren?«

»Oh, wir wären quasi fast zusammen abgestürzt?«

»Sieht so aus«, sagt er.

»Ich versuche, nicht mehr daran zu denken«, sagt sie, »ich mache hier Urlaub.«

»Richtig, irgendwann muss man sich auch mal erholen von der scheiß Schufterei.«

»Ich arbeite nicht«, sagt sie, »mein Mann verdient genug für siebenhundert Leute.«

»Sie Glückliche.«

»Stimmt, wir haben keinen Ehevertrag. Was machen Sie, wenn Sie nicht morgens schon Longdrinks kippen?«

Sie stoßen an und trinken.

»Ich bin Statiker in einer Baufirma, wir bauen Shoppingmalls.«

»Heilige Scheiße.«

»Prost.«

Sie trinken nochmal, die Gläser sind schon halb leer.

Als die Gläser ganz leer sind, bestellen sie noch zwei,

dann noch zwei, dann gehen sie drei Stunden lang Mittag essen und trinken danach ausgiebig Kaffee, dann rutschen sie am nördlichen Stadtstrand in Unterwäsche ins Wasser und schwimmen ein bisschen. Elisabeth schwimmt lächelnd und betont vorsichtig Brust, seinen viel zu wasserverdrängenden Kraulbewegungen hinterher, verheimlicht ihre Fähigkeiten, weil sie weiß, dass Männer wie Marc gerade in Situationen der Anbahnung immer die Krankenschwester und nicht die Ärztin wählen würden, die Anwaltsgehilfin statt der Anwältin, die Stewardess statt der Pilotin, die Polizistin statt der Polizeipräsidentin. Sie kennt sich aus in dem Spiel zwischen Männern und Frauen, und noch ist es nur ein Spiel, das Spiel war der Grund, warum sie ihn überhaupt angesprochen hat.

Im Sonnenuntergang dann hat sie ihn da, wo sie ihn haben will, und er küsst sie. Die Nacht löst sich zwischen ihren Händen auf.

Benedikt versucht, die innere Unruhe zu verscheuchen, indem er Sport macht. Erstmal ruhig werden im Kopf. Dann die Gedanken und Fragen sortieren, das macht er immer so, bei jeder Art von Existenzangst, er rennt fünf Kilometer die Steilküste entlang, das Frischhaltefolienmeer glitzert, auf dem Meer treiben wahllos Schiffe in Spielzeuggröße, als wäre das alles nur eine Kulisse, und er rennt die fünf Kilometer wieder zurück, dann geht er am nächstbesten Strand ins Wasser und ist mit ein paar schnellen Zügen draußen im offenen Meer, und findet da Sara, die ein paar Sekunden zuvor beschlossen hat zu ertrinken, wobei sie es ehrlich gesagt schon vor Stunden beschlossen hat, vor Tagen, vor Wochen, vor Monaten, es aber nicht wahrhaben wollte, es sich nicht erlauben konnte, doch eben dachte sie: Mach es jetzt einfach.

Benedikt sieht es an ihrem Blick, an dem vorläufigen Ende, das in ihren Augen liegt, an der Abwesenheit jeder Hoffnung. Sie weicht seinem Blick aus, tut so, als wäre nichts, versucht, ihm davonzuschwimmen, aber es ist zu spät, er weiß, was sie vorhat, und er wird einen Teufel tun, es zuzulassen.

»Nein«, sagt er, »auf keinen Fall, nicht, solange ich in der Nähe bin«, und er bleibt in der Nähe und an ihrer Seite, bis sich das Wasser in ihrem Gesicht mit Tränen mischt, alles läuft ineinander, es schüttelt sie, er schnappt sie sich, er greift mit dem linken Arm fest um ihre Taille, mit dem rechten Arm arbeitet er sich durchs Meer, und er zieht sie mit, schwimmt langsam zurück zum Ufer, sagt immer wieder: »Nein, nein«, er sagt: »Kommt überhaupt nicht in Frage«, am Ufer unterhalb der Steilküste schiebt er sie auf einen Felsen und legt sich dazu, sie trocknen in der Sonne, und bevor sie verbrennen, bugsiert er sie unter einen verkrüppelten Baum, der längst aufgegeben hat, und da liegen sie zusammen, bis es dunkel wird. Die Nacht löst sich in ihren Blicken auf, sie reden kein Wort, es gibt nichts zu sagen und sonst nichts zu tun.

Claudius sitzt am Küchentisch, er hat Hunger. Hunger auf Frühstück, auf Gesellschaft, auf Liebe, aber niemand ist da, niemand wegen Frühstück, niemand wegen Gesellschaft, und wegen Liebe sowieso gleich gar niemand, wieso hat denn eigentlich keiner Frühstück gemacht um diese Zeit, und wo ist der blöde Benedikt, der ist doch so ein Frühstücksguru, und da fällt ihm auf, dass er beim Stichwort Liebe nicht zuerst an Elisabeth denkt, sondern an Benedikt. Was die Einsamkeit doch aus Menschen macht.

»Hallo?«, sagt er erst leise, dann immer lauter, irgendwann wird ein Rufen daraus, »HALLO …???«, er merkt selbst, wie verzweifelt es klingt, aber er kann nicht anders.

Keine Antwort.

Er ruft nochmal.

»Hallo, verdammt!«

Annike streckt den Kopf in die Küche. »Ja?«

»Äh, ja«, sagt Claudius, »hallo, ich wollte nur mal hören.«

»Was hören?«

»Ob noch wer da ist. In der Bude, die ich bezahlt hab.«

»Damit jemand da ist?«

»Nein, nicht deshalb, also, ich bezahl euch doch nicht dafür, dass ihr meine Freunde seid, also … Ach, scheiße.«

»Schwierig, aus der Nummer jetzt wieder rauszukommen.«

Sie setzt sich zu ihm an den Tisch, sie trägt ein kurzes Hängerchen, knielang, für draußen bisschen unangemessen, so laufen eher englische Touristinnen rum, aber für drinnen geht es, findet sie. Ihre hellblonden Haare könnten eine Bürste vertragen oder, noch besser, Shampoo.

Sie sieht ihn an, über die Tischplatte hinweg. Sie sieht die Tischplatte an. Sie schaut zur offenen Terrassentür, aber mehr so als Schaupause, dann nochmal von vorn, Claudius, Tischplatte, Terrasse.

Er glaubt zu verstehen, ist sich aber nicht ganz sicher.

Zwischen ihnen auf dem Tisch stehen ein Obstkorb und drei leere Flaschen Wein von gestern Abend. Sie schiebt alles zur Seite, mit einigermaßen gesenktem Blick.

Claudius sagt: »Findest du?«

Annike sagt: »Da könntest du mich auch fragen, ob ich finde, dass die Sonne scheint.«

Und dann steht sie auf und klettert auf den Tisch und setzt sich an die Kante und zieht ihn mit ihren Beinen hoch und zu sich ran. Claudius ist überrascht, aber nicht zu sehr, und es scheint alles zu funktionieren, Gott sei Dank, denkt er, weil das wäre ja jetzt sehr unangenehm, wenn nicht, also ein Typ wie er, da muss das schon funktionieren, und er klettert auch, aber nicht nur auf den Tisch, sondern auch auf Annike, und da sie sowieso nicht viel anhat, nur dieses Hängerchen, ist es wie frühstücken, wie Frühstück und Gesellschaft in einem, von Liebe reden wir da nicht oder noch nicht, aber es lässt sich gut an, und ist auf jeden Fall mehr, als er sonst bekommt, danach sind sie beide satt, der Tag löst sich auf dem Küchentisch auf und zwischen allen Stühlen, dann kommt die Dämmerung.

Vincents und Heidis Tag löst sich am Stadtstrand auf, der eine Bar ist, und an der Bar, die ein Stadtstrand ist, sie liegen auf einem Felsen und reden nicht viel, gestern ja so viel geredet, also trinken sie bis zum späten Nachmittag einfach nur Orangensaft und essen Croissants und hier und da ein Stück Käse und hier und da ein paar Minuten Meer, was sie halt so bekommen können, wobei man das Meer natürlich offiziell nicht essen kann, aber sie tun es trotzdem, und dann denkt Heidi, sie sollte jetzt doch mal was sagen, weil Vincent immer wieder heimlich ihren Oberkörper im Badeanzug scannt, und entweder findet er ihre linke Brust ausnehmend gut, oder er fragt sich, wo eigentlich die rechte geblieben ist.

»Los«, sagt sie, »frag schon.«

»Hä, was meinst du?«

»Vincent.«

Es ist ihm peinlich.

»Es muss dir nicht peinlich sein, alle fragen irgendwann.«

Er fasst sich ans Herz und ein Herz.

»Tut es noch weh?«

»Wehtun, nein. Es fühlt sich nur komisch an. Ich hab mich noch nicht dran gewöhnt.«

»Hast du auch …?«

»Nein«, sagt sie, »das mit der Krankheit ist dein Ding, das nehm ich dir nicht weg.«

»*Phew.*«

»Es war ein Unfall, vor fünf Monaten.«

»Was hast du gemacht, mit der Motorsäge gespielt?«

»Motocross, Eisplatte, scheiße gelaufen.«

»Oh mein Gott, Heidi.«

»Sie war so kaputt, dass sie sie abnehmen mussten.«

»Und kann man da keine neue, also, ich meine …«

»Kann man schon, aber ich finde, ich brauche keine. Sollte ich jemals ein Kind bekommen, wird auch die eine reichen.«

»Willst du denn Kinder haben?«

»Wahrscheinlich nicht.«

»Warum denn nicht?«

»Keinen Bock auf den Vater dazu.«

Er nickt, dann sagt er: »Es gibt ja aber nicht nur blöde Männer.«

»Fühl dich doch nicht gleich angegriffen«, sagt sie, »du Schneeflocke.«

»Ich bin keine Schneeflocke«, sagt er, »du Comicfigur.«

Sie gibt ihm einen Schubs, er kullert fast vom Felsen.

Sie zieht ihn zurück und näher an sich ran.

»Du siehst gar nicht so stark aus, wie du bist«, sagt er.

»Das sagen alle.«

»Machst du Sport?«

»Muay Thai. Bei Ashkan.«

»Wer ist Ashkan?«

»Mein Trainer.«

»Was ist Muay Thai?«

»Traditionelles Thaiboxen. Brauche ich fürs Gehirn. Und du?«

»Bis vor einem Jahr bin ich auch zum Boxen gegangen, also normal boxen nur, aber das geht jetzt nicht mehr.«

»Tut mir leid, war bestimmt gut für dich. Für so einen jungen Mann.«

»Du findest, dass ich ein junger Mann bin?«

»Klar bist du das, das ist doch offensichtlich.«

»Danke.«

»Nichts zu danken.«

Er zwirbelt seine hellroten Haare, sie rückt ihre rechteckige Sonnenbrille zurecht.

»Hast du dich eigentlich eingecremt, Albinohase?«

»Klar. Aber Hautkrebs wäre jetzt auch nicht SO schlimm.«

»VINCENT.«

»Ich DARF das sagen, Heidi.«

Sie rollt sich auf die Seite, sodass sie ihn anschauen kann, sie hebt ihre Hand und fängt an, seine Haare zu zwirbeln.

»Darf ich das?«

»Kannst du die Richtung wechseln?«

Sie wechselt die Richtung. »So besser?«

Er nickt.

»Geil, du bist ein Zwirbelnerd.«

»Was ist ein Zwirbelnerd?«

»Du, Vincent. Du bist ein Zwirbelnerd.«

Er dreht sich auch auf die Seite und versucht, ihr in die Augen zu sehen, aber ihre Sonnenbrille ist im Weg. Er tippt an den schwarzen Nasensteg.

»Nimm die doch mal ab.«

»Nein«, sagt sie, »lieber nicht.«

Sie rutscht noch ein Stück näher an ihn ran, fast berührt ihr Bauch seinen Bauch, aber nur fast. Seine Haut steht sofort in Flammen.

»Wow.«

»Cool bleiben«, sagt sie. »Ganz wichtig, wenn du ein Mann sein willst.«

»Okay«, sagt er und bleibt null cool.

»Also, Snowflake«, sagt sie.

»Ich bin keine Schneeflocke.«

»Was auch immer du bist.«

Er nimmt ihr die Sonnenbrille ab.

»Ich hab so ein seltsames Gefühl ...«, sagt sie.

»Ich auch«, sagt er.

»Nicht das«, sagt sie, »hör mir zu, ich muss dir was sagen.«

»Sag.«

»Ich hab so ein seltsames Gefühl, wenn ich an das Wort *Schneeflocke* denke«, sagt sie, »dass wir beide nie wieder eine sehen werden.«

Wegen mir okay, denkt er, ich könnte ewig hierbleiben

mit dir, und im Winter lassen wir die ein, zwei Schneeflocken, die dann vielleicht existieren, einfach auf meiner Haut schmelzen, die brennt nämlich so hart.

Aber er sagt: »Ach, Quatsch, wie kommst du denn darauf?«

Sie sagt: »Wart ab.«

4621 Cahuenga Boulevard, Los Angeles

Ein verdammter Abend, dieser eine, regnerische Abend hat gereicht, um mich zu Fall zu bringen. Sagt man das nicht so? Zu Fall?

»Sagt man so. Erzählen Sie weiter.«

Okay, also: The Wolves, elegante Bar, hat was Französisches, man muss einfach nur die Straße runter, sich ein Taxi schnappen und nach Downtown fahren.

»Straße runter, Taxi, Downtown – warum verlassen Sie das Gebäude?«

Da war ein langer Tresen mit kleinen Séparées gegenüber. Am Tresen stand eine Frau, sie stand gerade weit genug entfernt davon, um sich nicht anzulehnen, sie stand da wie eine Statue, sie trug einen Anzug, elfenbeinfarben, und einen passenden Hut dazu, vielleicht war's ein Borsalino. Dunkelrote Haare, dunkelrote Peeptoes.

»Scheiße, ich sehe sie vor mir.«

Sie trank einen Gimlet. Die Idee gefiel mir, also bestellte ich auch einen. Sie sah mich an und lächelte, ich lächelte zurück.

»Sie sind ein Idiot.«

Der Barkeeper stellte mir meinen Drink hin, ich fasste das zierliche Glas an, nicht am Stiel, sondern ganz oben und fast am Rand, und ich wartete einen Moment bewegungslos ab, bis meine Fingerspitzen kühl wurden, dann hob ich das Glas an, drehte mich zu ihr um und sah ihr in die Augen. Sie hielt meinem Blick stand, also nahm ich mein Glas und ging zu ihr.

»Sie müssen gar nicht weitererzählen.«

»Aber soll ich weitererzählen?«

»Ja, klar. Ich mag Geschichten, wir haben ja sonst nichts hier.«

»Es ist eine Liebesgeschichte.«

»Das sind die schlimmsten.«

Wir bestellten noch ein paar Drinks, irgendwann hörte es auf zu regnen, und ich fragte sie, ob wir ein bisschen spazieren gehen sollen, sie sagte ja, wir gingen in ein Hotel. Da passierte erstmal nicht viel, wir sahen aus dem Fenster und rauchten. Ich nahm noch einen letzten Drink, sie hatte sehr guten Scotch auf dem Zimmer, dann verabschiedete ich mich. Am nächsten Abend sahen wir uns wieder, gleiche Bar, gleiche Zeit. Wir teilten uns einen Gimlet, wir tranken langsam, wir brauchten nur diese halbe Stunde und ein paar Sätze, ich brauchte nur diese halbe Stunde und ein paar Sätze, ich kannte das Gefühl nicht, das mich überfiel und dann in mir aufstieg, ich war erst eine einzige offene Flanke und dann, wie sagt man: wachsweich. Es waren ihr Blick und eine winzige Berührung, ihre Hand, die meine gestreift hat.

»Wo war ihr Verstand?«

»Das sag ich lieber nicht.«

Also.

Wir sind dann wieder in diesem Hotelzimmer gelandet.

UNTER DER SONNE

Wenn Claudius spürt, dass er nicht mehr Herr der Lage ist, holt er das Geld raus. An diesem Morgen, nach dem Tag und dem Abend und der Nacht mit Annike, nach dieser komplett merkwürdigen Nacht, in der Elisabeth erst gegen drei Uhr zurückkam, von wo auch immer sie gewesen war, und gegen sechs Uhr dann auch Benedikt zurückkam, von wo auch immer er gewesen war, an diesem Morgen, an dem alle vier gleichermaßen von der Rolle um den Küchentisch sitzen – oh! Der Küchentisch!, denkt Claudius –, steht er irgendwann auf.

»Ich miete nochmal das Boot«, sagt er. »Ihr wisst ja, wo es liegt, ich warte da auf euch, aber ich warte nicht ewig, entweder kommt ihr mit oder nicht«, und dann geht er zum Hafen und mietet nochmal das Boot.

Beziehungsweise er würde das Boot mieten, wenn sich der Typ von der Bootsvermietung nicht nur für seinen dicken, schwarzen Schnurrbart interessieren würde, sondern auch für den Typen mit dem Geld in der Hand, wenn der Schnurrbarttyp ihm mal antworten oder wenigstens zuhören würde oder allerwenigstens das Geld anschauen würde. Claudius versucht wirklich ganz ernsthaft, das Boot zu mieten, aber der Bootsvermieter streicht sich nur über seinen Schnurrbart und starrt an Claudius vorbei aufs Wasser, das gegen die Mole klatscht.

»Leck mich doch«, sagt Claudius, legt das Geld auf den Tisch und nimmt sich den Schlüsselbund zum Boot, es gibt nur zwei davon, er nimmt den, den er schon kennt, der Schnurrbart protestiert nicht, er scheint nicht mal das mitzukriegen, was für ein ignorantes Arschloch ist der eigentlich, und Claudius findet das Boot da, wo er es vorgestern geparkt hat.

»Na also«, sagt er, dreht schnell noch eine kleine Runde zum Supermarkt und kauft Wein und Brot und Käse, zurück auf dem Boot schließt er alles auf, verstaut die Sachen im Kühlschrank, schiebt seinen Bauch und sich selbst hinters Steuer unterm Sonnendach und wartet.

Es dauert nicht lange.

Zuerst kommen Benedikt und Sara, dann balanciert Annike über die Planke an Deck, schließlich springen auch Elisabeth und Marc auf.

»Okay«, sagt Claudius, »eigentlich könnten wir noch zwei mitnehmen, eigentlich gehen ja sogar acht Leute hier drauf.«

»Zehn«, sagt Elisabeth, »locker.«

Neben ihr am Heck steht Marc, und sie legt ihren Arm um seine Taille. Annike setzt sich auf die schmale Bank neben dem Steuer und übers Eck von Claudius, zieht ihre Beine an und lächelt. Sara nimmt Benedikts Hand, die beiden lehnen an der Reling.

»So ist das jetzt?«, sagt Marc.

»Ja«, sagt Benedikt, »so ist das jetzt.«

»Ich finde es gut so«, sagt Annike.

Alle sehen sich an, ganz in Ruhe und der Reihe nach.

»Ja«, sagt Claudius, »dann ist das wohl so, dann hat ja wohl niemand was dagegen, und dann wollen wir mal.«

Er steckt den Zündschlüssel ins Schloss und dreht ihn um, und der Motor springt an, und jetzt atmen alle aus und wieder ein, und das Boot fährt los, raus aufs offene

Meer. Claudius hält drauf, gibt Gas, er weiß genauso wenig wie die anderen, was genau los ist, wo es von hier aus hingeht und wie es von da aus weitergeht, er versteht nur das Offensichtliche: Alles ist neu verteilt.

Annike streckt die Beine aus und legt die Füße in seinen Schoß.

Benedikt lässt seine Hand in Saras.

Elisabeth lässt sich von Marc küssen.

Es wirkt alles sehr friedlich, nein, halt: Es *ist* friedlich. Das Boot springt vorsichtig über die ein oder andere Welle, die Sonne steigt höher und höher, Claudius gibt weiter Gas.

Aber irgendwie verändert sich der Abstand zur Küste nicht großartig. Irgendwie kommen sie nicht mehr voran. Als würde das Wasser dichter werden, fester. Claudius spürt den sanften Zug einer Unterströmung. Gleichzeitig spürt er den nicht ganz so sanften Druck von Annikes großem Zeh auf seinem Oberschenkel.

»Soll ich mal versuchen?«

»Ja«, sagt er, »versuch du mal, bitte.«

Er rutscht ein Stück zur Seite, sie steht auf und rutscht neben ihn, und er zieht sie noch ein Stück näher an sich ran. Sie übernimmt das Steuer und das Gas, sie nimmt das Boot an eine feste, erfahrene Hand, sie versucht es ein paar Minuten erst mit liebevoller Strenge, dann mit zwingendem Griff, dann lässt sie los und sagt: »Tatsache.«

»Heißt?«, sagt Claudius.

»Hier scheint Schluss zu sein.«

»Heißt?«

»Keine Ahnung.«

Claudius schiebt sich selbst von der Bank und vom

Steuer weg und runter in die Kabine und holt den Weißwein aus dem Kühlschrank und die Gläser aus einer Art Regalkiste, füllt die Gläser mit der kaltgoldenen Flüssigkeit und verteilt sie.

»Erst die Getränke«, sagt er, »dann das Essen.«

Annike macht derweil eher unambitioniert weiter mit ihren Versuchen, das offene Meer zu erreichen, aber dann denkt sie, was soll's, dann dreh ich halt bei, und sie dreht bei, immer noch mit einem sparsamen Tick nach draußen, steuerradmäßig, das Boot jedoch nimmt fast bockig die entgegengesetzte Richtung und Kurs auf eine Bucht ganz da hinten, um nicht zu sagen: Kurs auf die Küste.

Für Elisabeth stellt sich seit Jahren die Frage, ob sie überhaupt in der Lage ist, jemanden wirklich zu lieben. Ob sie bereit wäre, etwas aufzugeben für jemanden, also etwas zu geben, ohne etwas zu bekommen, ob es ihr möglich wäre, im Zentrum des Geschehens, mitten im Gefühlssturm zu stehen, ohne dass sie bestimmen kann, was passiert. Als sie gestern der Sonne beim Untergehen zugeschaut hat, als Marc anfing, mit ihrer Haut zu spielen, als es so lief, wie sie es wollte, gab es diesen einen Moment, da hatte er sie längst geküsst, da war er kurz abgelenkt von einem Geräusch, einer Zikade vielleicht, und Elisabeth nahm sein Gesicht in die Hände, um seine Aufmerksamkeit zurückzubekommen, und sie war vielleicht selbst kurz unaufmerksam, weil sich alles so selbstverständlich und sicher angefühlt hat, sie passte einen Augenblick lang nicht auf. Und zack, da war die Antwort auf ihre Frage. Offenbar existierte dieser Liebesscheiß wirklich, und es war gar kein Spiel.

Marc spürt immer noch ihre Hände auf seinen Wangen, er spürt die Stellen, seit sie sein Gesicht zu ihrem gedreht hat, es ist fast, als wären seine Wangen seitdem aus einem anderen Material gemacht, irgendwas, das atmungsaktiv ist, zum ersten Mal in gefühlt hundert Jahren bekommt er wieder Luft, und wie sie ihn da plötzlich angesehen hat, als wären ihre Augen nackt und ohne jede Schutzschicht. So hatte Sara ihn mal kurzzeitig angesehen, in diesem anderen Leben, bevor sie Eltern wurden. Er hatte schon vergessen, mit welcher Kraft er lieben kann, wie viel *Batterie* er dafür hat. Und wie viel Sehnsucht danach. Jetzt, wo er sich daran erinnert, ist auch wieder Kraft für Vincent da.

Sara will genau genommen immer noch ertrinken, aber es geht ihr besser damit, seit Benedikt sie aus dem Wasser gezogen hat, seit er einfach kurzerhand die Entscheidung getroffen hat, dass sie erstmal nicht sterben wird, seit ihr einfach jemand einen Teil ihres Bergs an Verantwortung abgenommen hat. Allein Benedikts Nähe macht, dass die schwarzen Klemmen, mit denen sie sich selbst zusammenhält, nicht mehr ganz so wehtun, nicht mehr so hart sind, und der Wein schmeckt zwar gut, aber sie müsste ihn gar nicht unbedingt trinken, solange Benedikt nur in der Nähe bleibt.

Benedikt bleibt in der Nähe, er ist gut in aktiver Nähe, besonders dann, wenn er gebraucht wird, und zwar genau er und nicht irgendwer. Irgendwer hätte Sara nicht unbedingt aufgehalten, irgendwer hätte sich vermutlich eingeredet, nichts gesehen zu haben, ihren wunden, leeren Blick nicht bemerkt zu haben, und wäre in die andere Richtung weitergeschwommen. Irgendwer hätte am nächsten Tag beschlossen, dass er sich das nur eingebildet und gar nicht gesehen hat. Aber Benedikt hat reagiert und etwas getan, und deshalb ist Sara nicht ertrunken, und er mag die zarte Dunkelheit sehr, die sie umgibt, sie hat diese Lana-Del-Rey-Vibes, und ihr Busen ist auch toll, aber das erlaubt er sich nicht zu denken.

Annike und Claudius halten sich fest im Arm, geradezu fett halten sie sich im Arm, da entsteht etwas, von dem sie selbst noch nicht wissen, was es sein könnte, aber sie haben gestern gemeinsam ein neues Hobby entdeckt: Ficken.

Südöstlich von ihnen hat das schwarze Loch über Nacht eine Tonspur bekommen, wie ein Kater nach einer durchzechten Nacht manchmal zusätzlich zur düsteren Präsenz im Kopf noch ein Geräusch drauflegt, ein Brummen in den ganz tiefen Klangregionen, kaum hörbar, und der Ton sitzt auch weniger in den Ohren als im Bauch, aber da ganz gewaltig, er rauscht durchs Wasser und erreicht das Boot in Gestalt der Unterströmung, die schwer zu fassen und doch absolut präsent ist.

4621 Cahuenga Boulevard, Los Angeles

»Entschuldigen Sie, bitte. Es ist gleich wieder vorbei.«

Die Inspektorin hat sich meine Akte vom Schreibtisch gegriffen und fächelt sich Luft zu, auf ihrer Stirn, über ihrer Oberlippe und in ihrem Dekolleté glitzern Schweißperlen.

»Verdammt nochmal.«

Sie wirft die Akte zurück auf den Tisch, befreit sich von ihrem Blazer und atmet durch.

Ich stehe auf.

»Soll ich das Fenster …?«

»Ja, reißen Sie in drei Teufels Namen das Fenster auf.«

Ich ziehe die hölzernen Jalousien hoch und öffne das Fenster weit, die Luft draußen ist nicht unbedingt kühl, aber sie ist drauf und dran, feucht zu werden, der Ozean scheint einen Nebel anzusetzen.

»Hilft das?«, frage ich.

»Das macht es zumindest nicht schlimmer.«

Sie atmet weiter heftig und nimmt den Aktenfächer wieder in die Hand.

»Beachten Sie mich einfach nicht, es ist wirklich gleich wieder vorbei.«

»Möchten Sie noch einen Drink?«

»Wenn ich hiermit fertig bin, gern.«

Ich setze mich wieder, fülle die Gläser und versuche, nicht zu auffällig zu starren.

»Machen Sie sich keine Sorgen. Und schauen Sie mich nicht so an. Es sind nur die Wechseljahre.«

Ich schaue auf meine Hände. Mir war nicht klar, dass es das in unserem Laden gibt. Wechseljahre.

Es ist mir ein bisschen unangenehm.

»Fehler im System«, sagt sie, »ich hab das, seit ich existiere, weil ich nun mal auf genau dieses Lebensalter festgesetzt wurde.«

Ich sollte vielleicht versuchen, die Situation zu entspannen und alles wieder auf eine sachlichere Ebene zu heben.

»Sie haben etwas, das für eine große Veränderung steht, aber bei Ihnen selbst verändert sich nichts, verstehe ich das richtig?«

»Genau, vollkommen bescheuert. Und nicht zu reparieren. Wir haben schon alles versucht. Aber da wurde wirklich nicht für zwei Pennys mitgedacht. Absolut idiotisch und einfach eine Riesensauerei.«

Okay, sie will gar nichts versachlichen.

»Bei mir«, sage ich, »wurden ja ganz offensichtlich auch Fehler gemacht.«

Sie zieht die Augenbrauen hoch.

»Na ja, warum hätte ich mich sonst verlieben können?«

»Das ist mir auch ein Rätsel, das ist vorher noch niemandem passiert, also nicht, dass ich wüsste.«

»Vielleicht liegt es an meiner Aufgabe«, sage ich, »also an der Ausstattung für genau diese Aufgabe.«

Sie legt den Kopf schief.

»Bis zu einem gewissen Grad«, sage ich, »war ich schon immer zu Gefühlen fähig.«

»Wie furchtbar.«

Sie sagt es mit echter Abscheu.

»Wenn ich sie begleite«, sage ich, »also wenn ich sie,

wie wir es hier nennen, ›wegbringe‹, habe ich Mitgefühl, deshalb bin ich vorsichtig und liebevoll und mache es Ihnen so leicht wie nur irgend möglich.«

»Damit es keinen Aufruhr gibt.«

»Wenn Sie so wollen, ja.«

Das System hasst Aufruhr.

»Haben Sie eine Zigarette für mich?«

Ich halte ihr meine Schachtel hin, sie nimmt sich eine, ich gebe ihr Feuer.

»Und Sie meinen, daran liegt es? An Ihrer merkwürdigerweise vorhandenen Fähigkeit zum Mitgefühl?«

»Anders kann ich es mir nicht erklären.«

Sie schaut zum Fenster raus, scheint einen Moment lang nachzudenken.

»Und was ist das dann für ein Gefühl?«

Sie sieht mich wieder an, und die Art, wie sie mich ansieht, lässt sich nur mit einem Wort beschreiben, weil alles an ihrem Blick plötzlich zum ersten Mal, seit sie vorhin in mein Büro gelaufen kam, total offen ist: unverwandt.

»Mitgefühl?«

»Nein«, sagt sie. »Das andere.«

Es war ein Gefühl voller Schönheit, voll von innerem Glanz und Wärme, als wäre in meiner Brust ein Kraftwerk angesprungen, das unablässig Wärme und Sehnsucht nach mehr produziert, es war ein sehr starkes Gefühl, es hatte Macht über mich, ich wusste nicht mehr, was ich tue und wer ich bin, und gleichzeitig war ich von großer Klarheit erfüllt.

Wie eine Droge.

»Ach, hören Sie auf.«

Doch, es war richtig guter Stoff, verrücktes Zeug,

schwer zu kriegen, ich bekam es nur, wenn ich bei ihr war, dann aber unendlich viel davon, als würde ich in einem dieser luxuriösen Pools sitzen, in die ununterbrochen warmes Wasser nachfließt, und deshalb kann so viel davon einfach verschwendet werden.

»Sie war ein Infinitypool?«

Ja, so nennt man das. Ein Infinitypool der Liebe. Wobei ich inzwischen nicht mehr sicher bin, ob ich da vielleicht etwas missverstanden habe.

Ich war ein Anfänger, und so hab ich mich dann ja auch verhalten.

»Und wo ist das Gefühl jetzt?«

»Jetzt ist es weg.«

DIE LEUCHTKRAFT DER KIESEL AN LAND

»Hören Sie«, sagt Heidi, »wo genau ist Ihr Problem?«

Die Frau von der Autovermietung schaut durch sie hindurch. Heidi würde ja zu einer anderen Autovermietung gehen, aber es gibt keine in diesem verdammten Kaff hier. In dem ganzen beschissenen Kaff, von dem sie langsam echt die Schnauze voll hat, gibt es nur eine einzige beschissene Autovermietung, mit einer einzigen beschissenen Autovermietungsfrau, die sie seit inzwischen einer halben Stunde ignoriert.

»Ich will einfach nur ein Auto, irgendeins, geben Sie mir doch bitte, bitte irgendeins, okay?«

Die Frau fängt an, ihre Fingernägel zu untersuchen, einer ist gerade dabei abzubrechen, der vom linken Zeigefinger, sie spielt ein bisschen an der Bruchstelle, Heidi weiß nicht, was gerade schwerer auszuhalten ist, die Sache mit dem Ignoriertwerden oder die Sache mit dem Fingernagel.

»Feile, Sie brauchen eine Feile, hören Sie auf, da rumzuspielen, das macht es nur schlimmer, Herrgott, ich höre mich an wie meine Mutter.«

Die Frau greift in ihre Handtasche auf dem Boden und holt aufreizend langsam eine Nagelfeile raus.

»Ah, sehr gut. Können Sie mich jetzt hören?«

Die Frau fängt an, den einen Nagel abzufeilen, dann nimmt sie sich die restlichen Finger der linken Hand vor. Heidi schiebt ihr nochmal ihren Führerschein und ihre Kreditkarte hin, die Frau kann es nicht mehr übersehen.

Sie reagiert nicht.

»Okay«, sagt Heidi. »Okay.«

Sie denkt, dass sie noch genau zehn Sekunden warten wird.

Zehn.

Neun.

Acht.

Sieben.

Scheiß drauf.

»Ich nehme mir jetzt einen Schlüssel.«

Mit einem Satz ist sie auf dem Verkaufstresen und dann hinterm Tresen, und die Frau feilt weiter die Nägel ihrer linken Hand.

Heidi steht neben ihr und schaut sie von der Seite an.

»Meine Güte, in welcher Lotterie hast du eigentlich deinen Job gewonnen?«

Die Frau gähnt.

Heidi schnappt sich den erstbesten Schlüssel aus der Schlüsselkiste, aus dem Karton gleich daneben sucht sie sich die passenden Autopapiere und marschiert zur Hintertür raus auf den Parkplatz. Da stehen nur ein paar Autos, mehr oder weniger gut in Schuss. Der Schlüssel gehört zu einem weißen Pick-up mit saftigen Lackschäden am rechten Kotflügel. Die Sonne steht tief, es ist später Nachmittag.

Heidi schließt den Pick-up auf, wirft ihre Reisetasche auf die Ladefläche, klettert hinters Lenkrad und dreht den Schlüssel im Zündschloss, der Motor rumpelt ein bisschen, aber er läuft.

»Na dann, du Möhre«, sagt sie, »wollen wir mal.«

Na dann, rumpelt der Pick-up, viel Glück beim Wollen.

Heidi verlässt den Parkplatz und fährt mit einem für

sie viel zu süßen Grinsen im nicht süßen Gesicht zum Treffpunkt oberhalb des Faliraki-Strands, am Treffpunkt wartet schon eine ganze Weile Vincent, schmal und hell und mit einer großen Sporttasche zu seinen Füßen. Er trägt eine Sonnenbrille mit orangefarbenen Gläsern, eine Abendlichtbrille, oder auch: Ab jetzt ist hier alles Kalifornien.

Heidi hält an, lehnt sich zur Beifahrerseite und lässt das Fenster runter, den Motor lässt sie laufen.

»Hey«, sagt sie, »neue Sonnenbrille?«

»Findest du die gut?«

»Ich bin neidisch, Vince.«

Er lächelt, öffnet die Beifahrertür, sie quietscht ein bisschen. Aha, denkt Heidi, da ist rechts also mehr als nur ein Lackschaden am Kotflügel, aber ist egal, wir wollen nur ein Stück die Küste hoch in den Norden, die eine Stunde Fahrt wird die Karre schon durchhalten.

Vincent steigt ein und schließt die Tür mit Schwung, in den Scharnieren kracht es.

»Wow, Heidi«, sagt er, »wo hast du das Zombiefilmmobil her.«

»Ich dachte erst, es sei eine völlig normale Autovermietung.«

»Aber?«

»Ich musste es quasi klauen, sie wollten weder meinen Führerschein noch mein Geld sehen.«

Vincent zuckt ein winziges bisschen zusammen, illegale Sachen sind nicht so sein Ding.

»Keine Panik, Snowflake, die werden in zehn Jahren noch nicht checken, dass wir das Ding mal kurz geborgt haben.«

»Geborgt, na ja.«

»Wieso, wir geben es doch zurück.«

Sie legt den ersten Gang ein und gibt Gas.

Okay, denkt Vincent und entspannt sich, den angewinkelten Arm im offenen Fenster. Er schaut ins goldene Licht, das aus dem Westen auf den östlichen Teil des Himmels fällt, er atmet den leichten Fahrtwind ein, er fühlt sich fast genauso leicht, wie der Fahrtwind ist, nichts ist anstrengend, nichts fällt ihm schwer in diesem Moment, auch nicht, seinen Eltern nichts gesagt zu haben, sondern jetzt einfach loszufahren mit Heidi, wohin auch immer.

»Wo genau wollen wir nochmal hin?«

»Nordosten«, sagt Heidi. »Da sind die geilen Strände.«

»Ich find unseren Strand hier eigentlich auch ganz geil.«

»Hast du ›unseren Strand‹ gesagt?«

»Na ja, also, der Strand hier, du weißt schon.«

Heidi schaltet das Radio ein und dreht die Musik auf und grinst und nickt mit zu dem zarten Beat, der aus den schrottigen Boxen gleich unter der Windschutzscheibe kommt.

Sie kennt den Song offenbar und singt mit, es ist ein griechisches Lied. Vincent traut sich nicht zu fragen, was das ist, und nickt auch einfach ein bisschen.

»Unser Strand ist aus Felsen und Beton«, sagt sie dann, »und gegen die Strände im Norden ist er komplett lächerlich.«

»Warst du da schon mal?«

»Nein«, sagt sie, »aber ich hab mir ganz viele Bilder angeschaut.«

»Wo?«

Sie runzelt die Stirn.

Weiß sie nicht mehr, aber es waren viele, unzählige Bilder von unzähligen Kiesstränden mit kristallklarem, türkisfarbenem Wasser.

»Weiß ich nicht mehr«, sagt sie. »Aber es waren viele.«

Sie kramt in ihrem Kopf nach dem Ort, an dem sie sich die Bilder angesehen hat, sie findet ihn nicht.

»Egal«, sagt sie und nickt weiter zur Musik.

»Was?«, sagt Vincent.

»Egal.«

»Also, diese Strände«, sagt er.

»Ja?«

»Was ist da so besonders?«

»Das Licht im Wasser«, sagt sie, »und die Leuchtkraft der Kiesel an Land, alles ist hell und frisch und … gleißend?«

»Gleißend …«, sagt Vincent.

»Das Wort klingt immer, als hätte man nicht alle Tassen im Schrank, oder?«

»Wer hat schon alle Tassen im Schrank.«

»Du auf jeden Fall nicht, Vince.«

»Selber.«

Sie fahren am Wasser entlang Richtung Hafen, rechts liegt ein altes, schwarzes Piratenschiff, links die venezianische Festung, nicht ganz klar, was jetzt die bessere Sehenswürdigkeit ist. Vincent rutscht ein bisschen tiefer in seinen Sitz und schaut zu Heidi rüber. Sie trägt eins ihrer schwarzen T-Shirts, ihre knochigen Arme schauen aus den Ärmeln raus, ihre langen, kräftigen Hände halten das Lenkrad, ihre dünnen Beine, die in schwarzen Shorts stecken, vibrieren im Takt mit dem Motor des Pick-ups.

Ihre Augen verstecken sich hinter der eckigen, dunklen Sonnenbrille, aber er weiß, dass sie glänzen, sie glänzen immer, nur wenige Menschen haben diesen Glanz in den Augen, der sagt: Los, komm, wir machen das jetzt einfach.

Wie sie das Lenkrad hält und das Auto fährt, denkt er, wie sie sich die Zigarette in den Mund steckt und anzündet und daran zieht, wie sie sich schnell mit der rechten Hand die kinnlangen, schwarzen Haare aus dem Gesicht streicht und quasi mit der gleichen Bewegung in den nächsten Gang schaltet. Wie sie nach vorn schaut und immer nur nach vorn. Wie ihr angeblich nichts passieren kann, und doch ist ihr schon alles Mögliche passiert. Vielleicht, denkt er, ist sie gar kein Mädchen, und sofort sagt er sich, dass sie ganz klar kein Mädchen ist, sondern eine Frau, vielleicht ist sie aber auch eine Kriegerin, und vielleicht weiß sie das sogar und behält es nur für sich?

Er schaut auch nach vorn, er zwingt sich, nach vorn zu schauen, ist ja auch peinlich, sie so anzuglotzen, wenn sie das merkt, oh Gott, also unbedingt lieber nach vorn schauen. Und einfach immer machen, was sie macht, nimmt er sich vor.

»So«, sagt sie, als sie den Hafen hinter sich lassen.

»Ja«, sagt er, und sie atmen beide ein und wieder aus, und natürlich hat sie seinen Blick bemerkt, um nicht zu sagen *seine Blicke,* und wenn sie ehrlich ist, fand sie die Blicke nicht nur süß und rührend, sie fand die Blicke auch aufregend und vollkommen gerechtfertigt und fast irgendwie scharf, weil, hallo, was machen wir denn hier gerade, wir brennen verdammt nochmal durch.

4621 Cahuenga Boulevard, Los Angeles

»Wenn das Gefühl weg ist, was ist da jetzt, also an dem Ort, an dem das Gefühl war?«

Sie nippt an ihrem Scotch und sieht mich an, als würde sie es wirklich wissen wollen. Ich finde das überraschend. Das System interessiert sich üblicherweise nicht für Gefühle.

Ich gieße uns noch von dem leichten Nachmittags-Scotch nach, draußen wird es langsam dunkel.

»Da ist eine Lücke«, sage ich, »an den Rändern klebrig. Ich spüre sie deutlich, sie hat Gewicht, und sie zieht Kraft ab, eine Art Antimaterie in mir.«

Zum ersten Mal bemerkte ich die Lücke, als wir miteinander im Bett waren, ich hatte mitgezählt, es war das dreiundzwanzigste Mal. Meine Hände lagen in ihren Locken, ich spielte mit ihren Haaren, als sie plötzlich aufstand und auf mich runtersah. Ich fragte sie, was los sei, sie sagte, nichts sei los. Dann ging sie zum Fenster und rauchte eine Zigarette.

Im Licht der Straßenlaterne sah ich ihre nackte Silhouette und spürte ein Ziehen in der Brust, ich dachte, es sei das, was sie Sehnsucht nennen, vielleicht war es das auch, aber es ging nicht mehr weg, und während es nicht mehr wegging, kippte es um, es verwandelte sich im Laufe der folgenden Zeit, es wurde zu einer Drohung. Ich bekam Angst, etwas, das ich bisher nicht kannte.

»Angst?«

Vielleicht die dunkle Variante der Sehnsucht, das Ziehen ist ganz ähnlich, aber, Entschuldigung, dafür müssten Sie natürlich wissen, was Sehnsucht ist. Ich versuche es nochmal anders: Ich sah, wie gesagt, ihre Silhouette im Licht, das von der Straße ins Zimmer fiel, und begriff, dass sie gerade weit weg war. Die weiche Wärme, die ich vor ein paar Sekunden noch gespürt hatte, war verschwunden, meine Schultern wurden kalt und auch meine Arme, die Kälte kroch mir bis in die Fingerspitzen, der Infinitypool der Liebe schien nur noch eine Pfütze zu sein, und die Wassertemperatur war dramatisch abgesunken.

Als sie zu Ende geraucht hatte und sich zu mir umdrehte, konnte ich ihr Gesicht nicht sehen.

Ich setzte mich im Bett auf, weil ich das Bedürfnis hatte, größer auszusehen, als ich mich fühlte.

Sie kam zurück zu mir ins Bett, sie legte sich wieder neben mich und zog die Decke um ihren Körper, sie rutschte in meinen Arm, ich hielt sie fest, aber etwas war anders.

Irgendwann schlief sie ein, ich stand auf und ging.

»Hat sie es nicht bemerkt?«

»Was?«

»Dass Sie gegangen sind?«

Darüber habe ich nicht nachgedacht, ich wollte einfach nur weg.

Aber am nächsten Abend trafen wir uns wieder in der Bar. Sie ließ sich nichts anmerken, ich ließ mir nichts anmerken. Ich versuchte, die Angst einfach zu vergessen.

Und wie nebenbei verwandelte sich die Angst in Sehnsucht zurück, ich wollte nicht mehr weg, und so landeten wir auch wieder in diesem Hotelzimmer.

»Das erscheint mir unlogisch.«

»Ja, mit Logik kommen Sie da nicht weit.«

Wenn Sie verliebt sind, wenn Sie spüren, wie die Liebe durch Ihre Blutbahnen fließt und auch durchs Gehirn, dann fällt es Ihnen schwer, einen kühlen Kopf zu bewahren. Liebe brennt.

»Wie haben Sie das ausgehalten?«

Es war das Beste, was mir je passiert war. Am besten war es, wenn ich sie in meinen Armen hielt, dann war es wie ein gleichmäßiger Fluss voller stiller Antworten, und nirgends tauchte eine Frage auf.

»Hört sich schon wieder nach einer Droge an.«

Es ist auch ein bisschen wie eine Droge. Ich konnte nicht genug bekommen davon, gerade seit diesem einen Moment, in dem es mir weggerutscht war. Wenn sie bei mir war, konnte ich den schwierigen Moment vergessen. Aber wenn ich hier in meinem Büro allein war, kam er sofort wieder und nagte an mir. Also traf ich sie, sooft es ging.

»Wie oft?«

Jeden Abend. Bald trafen wir uns nicht mehr in der Bar, sondern gleich im Hotel. Aber der Moment schlich sich irgendwann wieder ein, als gäbe es eine zweite Tür im Zimmer, die ich nicht im Blick gehabt hatte. Der Moment tauchte immer öfter und überall auf – ich sah ihn in ihrem Blick, ich fühlte ihn auf ihrer Haut, ich fühlte ihn auf meiner Haut, er fühlte sich an wie kalter Schweiß, irgendwas war kaputtgegangen, und ich weiß bis heute nicht, warum der Moment solche Macht über mich hatte.

Also änderte ich die Situation, vielleicht wollte ich auch einfach zurück zum Anfang, zurück an den Punkt, an dem es den Moment noch nicht gegeben hatte.

Ich ging an einem der Abende nicht direkt zu ihr ins Hotel, sondern vorher nochmal kurz in die Bar, in der wir uns zum ersten Mal getroffen hatten, weil ich hoffte, sie dort zu sehen. Und da – na ja.

»Na ja – was?«

Sie war nicht allein. Sie saß mit einem Mann in einem der kleinen Séparées gegenüber der Theke, am hinteren Ende des Raums. Der Mann und sie wirkten vertraut, aber ich konnte sehen, dass sie nicht wirklich neben ihm sitzen wollte. Und ihr Blick sagte mir: Bitte. Wir kennen uns nicht, es ist besser, wenn du gleich wieder gehst. Bitte, geh.

Ich bestellte mir einen Gimlet und trank ihn zügig, aber nicht wegen ihrer Bitte, sondern weil ich ihn brauchte. Dann zahlte ich und ging spazieren. Es regnete.

Am nächsten Abend trafen wir uns im Hotel. Sie stand am Fenster und rauchte. Sie schien nicht die Absicht zu haben, irgendwas abzulegen, nicht ihren Mantel, nicht ihr Kleid, nicht ihre Herablassung.

Ich zündete mir noch im Türrahmen eine Zigarette an und rührte mich nicht vom Fleck. Irgendwann drehte sie sich zu mir um und sah mich an. Ich fragte sie, wer der Mann gewesen sei, am Abend zuvor in der Bar. Sie sagte: Das war mein Ehemann, und ich will ihn loswerden.

In der Heckscheibe des Pick-ups geht die Sonne unter, und im Radio läuft schon wieder das gleiche Lied wie vorhin.

»Versteh ich jetzt nicht«, sagt Heidi.

»Ja, komisch«, sagt Vincent, »das Lied lief doch eben schon, so richtig viel Musik haben die nicht in deinem Sender da, oder?«

»Ich meine nicht das Lied«, sagt Heidi und schiebt sich die Sonnenbrille ins Haar. »Ich meine den Flughafen.«

»Was ist mit dem Flughafen?«

»Er ist da rechts. Er sollte aber eine Stunde südlich von uns liegen.«

»Oh«, sagt Vincent, »haben wir uns verfahren, oder was?«

»Ich würde eher sagen, wir sind im Kreis gefahren.«

Heidi fährt rechts ran und macht den Motor aus.

»So was passiert mir eigentlich nicht. Gib mal die Karte, bitte.«

Vincent zieht die Straßenkarte aus dem Fach in der Beifahrertür.

»Hier.«

Heidi schiebt sich eine Zigarette in den Mund, nimmt die Karte, schlägt sie auf und sieht sich den Teil mit der Stadt an.

Vincent gibt ihr Feuer.

»Tatsache«, sagt sie. »Wir sind hier.«

Sie legt den rechten Zeigefinger auf den südlichen Teil der Stadt, dann legt sie die komplette Hand da drauf und schaut noch eine ganze Weile auf die restlichen Teile der Karte. Als könne ihr das Stück Papier irgendwas erzählen, was sie nicht sowieso schon weiß.

Nach einer schmalen Ewigkeit gibt sie die Karte zurück an Vincent, raucht ihre Zigarette zu Ende und drückt sie im Aschenbecher aus.

»Wir versuchen es nochmal, okay?«

»Was sonst«, sagt Vincent.

Sie lächelt ihn an.

»Wir biegen hier jetzt links ab, schummeln uns durch die Vorstadt und dann ein bisschen Richtung Hafen, dafür nehmen wir aber die Straße mit der Nummer 24, hier, siehst du? Wir fahren gar nicht erst über den Hafen, den lassen wir rechts liegen, den kennen wir ja schon. Und wahrscheinlich ist es da irgendwo schiefgegangen.«

Sie zeigt auf den Stadtplan, sieht Vincent streng an und sagt: »Die 24, okay?«

»Die 24«, sagt er.

»Du liest die Karte und passt auf, dass ich nicht wieder falsch abbiege. Wenn doch, schreist du.«

»Wenn doch, schrei ich, alles klar.«

Heidi dreht den Schlüssel um, der Pick-up rumpelt, sie gibt ein bisschen zu viel Gas, um vor dem Lastwagen hinter ihnen auf die Straße zu kommen, die Reifen quietschen. Vincent denkt, dass es genau das ist, was er an ihr mag, das unbedingte Gasgeben, das und dieses Nach-vorn-Schauen und nicht zurück, und er wünschte, er könnte auch nach vorn schauen, aber er weiß, dass es für ihn da vorn nicht mehr viel gibt, und auf das, was es gibt, hat er keine Lust, denn auch, wenn er sich auf eine komische Art damit abgefunden hat, dass er bald sterben wird, hat er natürlich überhaupt keinen Bock drauf, wer hat schon Bock auf den Tod, mit gerade mal sechzehn Jahren.

Die Sonne fällt schräg hinter ihnen ins Meer, der Himmel färbt sich erst orange und dann langsam, aber unaufhaltsam dunkelblau.

»Also fahren wir durch die Nacht«, sagt Heidi.

»Früher mochte ich die Nacht«, sagt Vincent.

»Und jetzt?«

»Macht sie mich klein. Die Nacht ist so groß. Und mit jeder Nacht ist wieder ein Tag abgelaufen, an dem ich doch noch nicht gestorben bin.«

Heidi nimmt die rechte Hand vom Lenkrad und legt sie mit der Handfläche nach oben auf Vincents Oberschenkel, er legt seine Hand in ihre.

»Ich hab überhaupt keinen Bock zu sterben«, sagt er.

»Niemand verlangt von dir, dass du Bock drauf hast«, sagt sie.

Sie hält seine Hand ein bisschen fester.

»Haben sie dir gesagt, wann? So ungefähr?«

»Wie lang ich noch hab, meinst du?«

»Du musst es mir nicht sagen.«

Vincent verschränkt seine Finger in ihren und schaut aus dem Seitenfenster.

»Vielleicht ein Jahr, vielleicht mehr, vielleicht weniger. In jedem Fall ist das hier der letzte gute Sommer, der nächste Sommer wird so oder so scheiße.«

Sie schmuggeln sich durch die Vorstadt, so wie Heidi es wollte, und bis hierhin funktioniert es, und als es geradeaus zum Hafen weitergeht, biegen sie links ab, während das Blau des Himmels dunkler und dunkler wird und über einem Hügel beziehungsweise direkt über ein paar Gartenpalmen der erste Stern auftaucht.

»Oh«, sagt Vincent, »die Venus.«

Er sagt es relativ kitschig.

Heidi verzieht das Gesicht.

»Warum verziehst du das Gesicht, ich kann mich ja wohl mal über einen Planeten freuen.«

»Ich mag es nicht, dass sie römische Namen haben«, sagt sie. »Es sind griechische Götter.«

»Als ob, ey.«

»Sind sie!«

»Dann sag du doch, wer das ist, wenn du findest, dass es nicht die Venus ist.«

Heidi fummelt sich eine neue Zigarette in den Mund, zündet sie an, zieht entschlossen den Rauch in die Lungen und pustet ihn genauso entschlossen aus dem Seitenfenster.

»Aphrodite«, sagt sie. »Göttin der Liebe und Schönheit, und wütender, als man denkt.«

»Okay, okay, I hear you.«

Sie gibt jetzt noch ein bisschen mehr Gas, Landstraße, zu viele Kurven für mehr Gas eigentlich, aber sie denkt, dass sie hier jetzt wirklich rauswill, sie könnten schon längst an einem Strand liegen, wenn sie sich nicht so blöd verfahren hätten, und so richtig ist der Teenager halt auch keine Hilfe. Aber es ist sein letzter guter Sommer, er hat einen verdammten Strand verdient und sie auch.

»Entschuldige«, sagt sie, »ich bin genervt.«

»Ich find's ganz süß«, sagt er und fühlt sich sehr erwachsen, weil es so ein Erwachsenenspruch ist.

Sie kichert.

Da sind auch wieder seine Blicke.

Wenn sie sich nicht täuscht.

Und dann ist, und sie täuscht sich definitiv nicht, rechts schon wieder die Straße, die zum Flughafen führt.

4621 Cahuenga Boulevard, Los Angeles

»Sind Sie so weit?«

In ihrer Stimme schwingt Ungeduld mit, und auch eine gewisse Schärfe. Sie scheint mein Büro sattzuhaben.

»Sekunde«, sage ich, »wir brauchen noch Zigaretten. Oder?«

»Ja doch«, sagt sie.

Sie steht in der offenen Tür, mit einem Fuß schon im fensterlosen Flur.

»Ich bin auch froh, wenn ich hier mal wieder rauskomme«, sage ich, mehr so in den Raum rein beziehungsweise mehr zu mir als zu ihr.

»Offiziell verlassen wir das Gebäude nicht«, sagt sie, und ich sage: »Natürlich nicht.«

Wir verlassen das Gebäude.

Wir nehmen die stille, schmale Treppe zum Dach, auf dem Dach fällt ihr die deformierte Leuchtreklame auf, drei der zwölf Buchstaben sind zur Seite gekippt, sie sieht mich vorwurfsvoll an.

»Damit hab ich nichts zu tun«, sage ich. »Das war vorher schon so.«

Sie läuft fast bis zur Gebäudekante und rückt die drei Buchstaben gerade, ein L, ein O und ein E, dann kommt sie wieder auf mich zu, sie schaut mich an, als ob sie mich gern grillen würde.

»Fragen Sie die anderen Mitarbeiter«, sage ich, »man kann die kaputte Schrift von der Straße aus sehen, und das schon seit Ewigkeiten.«

»Warum *sagt* niemand was?«

Ich antworte nicht, sehe sie nur an.

»Unglaublich«, sagt sie, »dass offenbar alle andauernd das Gebäude verlassen, aber wie wir von außen wirken, das schert keine Sau.«

»Niemand weiß, wer wir sind«, sage ich, »und niemand interessiert sich für uns. Es ist vollkommen egal, wie die elektrische Schrift auf dem Dach aussieht.«

Sie steht im Gegenlicht der Leuchtreklame, der trübe Schein der Straße müht sich bis zu uns aufs Dach, ein leichter Wind fährt durch ihr perfekt frisiertes helles Haar und nimmt sich ein paar feine Strähnen, sie tanzen um ihre Wangenknochen.

»Okay«, sagt sie, »was ist jetzt mit der Straße?«

Ich gehe zur Feuerleiter und sage: »Bitteschön, hier entlang.«

»Ich soll eine Leiter runtersteigen?«

»Ich gehe vor, wenn Sie fallen, fallen Sie weich.«

»Es ist mir vollkommen egal, ob ich von einem Hausdach falle«, sagt sie, »drei Sekunden später wäre ich einfach wieder in meinem Büro, und das wissen Sie genauso gut wie ich.«

»Dann sehe ich das Problem mit der Leiter nicht«, sage ich.

Sie deutet auf ihre High Heels.

Ich sage: »Geben Sie her.«

Sie streift ihre Schuhe ab und kickt sie mir einzeln vor die Füße, ich nehme sie, stecke sie mir hinten in den Hosenbund und sage: »Kann losgehen.«

»Lassen Sie mich zuerst«, sagt sie, setzt – jetzt mit nackten Füßen – wieder ein paar dieser sehr großen

Schritte, und dann ist sie auch schon auf der Feuerleiter.

»Wie Sie meinen«, sage ich.

»Ich finde die Vorstellung, dass Sie mir minutenlang auf den Arsch starren, höchst unangenehm.«

Ich hätte große Lust, ihr die High Heels an den Kopf zu werfen, aber ich sehe ihr nur eine Weile dabei zu, wie sie die Leiter runtersteigt, wie sie sich dem dünnen Nebel in den Straßen nähert, dann steige ich auch in die Sprossen und finde die Vorstellung, dass sie mir jetzt minutenlang auf den Arsch starren kann, höchst unangenehm.

Der Cahuenga Boulevard wirkt, als hätte er schon eine ganze Weile geschlossen, die wenigen Läden haben ihre Markisen eingerollt und Einbruchschutzgitter vor die Fenster und Türen gezogen, nur am Straßenrand parkt hier und da mal ein Auto. An einer Laterne lehnt ein betrunkener Mann.

Die Inspektorin arbeitet sich zurück in ihre High Heels, und als sie sich wieder aufrichtet, wirft sie die Haare mit Schwung nach hinten.

Sie schaut sich um.

»Hab ich mir interessanter vorgestellt.«

»Hier entlang«, sage ich, »was wir brauchen, ist ein Taxi, dann wird's auch interessanter.«

Sie lächelt mich an, ich wusste nicht, dass sie dazu in der Lage ist, und das Lächeln öffnet ihr Gesicht, plötzlich taucht wieder etwas auf, das vorhin schon mal für den Bruchteil einer Sekunde aufgetaucht ist, sich dann aber gleich wieder hinter der Inspektorinnenfassade versteckt hat: etwas Lebendiges. Ich frage mich, warum ich ihr jetzt eigentlich die Bar zeigen will und ob ich vielleicht im Begriff bin, schon wieder einen Fehler zu machen.

Ich senke den Blick und ziehe meinen Hut tiefer, sage nochmal: »Hier lang«, und laufe los, und sie folgt mir und ist ein paar Schritte später neben mir, und dann stimmt auch der Zustand wieder zwischen uns, der Abstand, und ich winke uns ein Taxi ran, der Fahrer hält an, wir steigen ein, ich sage: »Downtown, bitte. Broadway und Fünfte Straße West.«

Im Taxi sitzen wir beide hinten und schauen aus dem Fenster, aus dem Augenwinkel kann ich die Faszination in ihrem Blick erkennen, obwohl die Straßen hier im nördlichen Teil der Stadt nun wirklich nicht besonders aufregend sind. Ganz offensichtlich ist sie tatsächlich zum ersten Mal draußen.

Es ist schön, ihr dabei zuzusehen, wie sie ein bisschen aufweicht. Wo sie doch eigentlich den Auftrag hatte, mich zu kontrollieren oder zu feuern oder zu was auch immer, angeblich will sie mir ja sogar helfen, was sich aber noch zeigen wird.

Jetzt machen wir erstmal einen Ausflug. Keine Ahnung, ob jemals zuvor zwei von uns gemeinsam das Gebäude verlassen haben.

»Wann sind wir da?«, sagt sie, während wir den Santa Monica Boulevard überqueren.

»Knapp zehn Minuten«, sage ich.

Jetzt werden die Häuser höher und die Lichter mehr, und sie schaut weiter aus dem Fenster, und ich sehe ihr weiter dabei zu, und vor meinem inneren Auge ist der Moment im Hotelzimmer zurück, als die Frau in meinen Armen, die ich für meine Frau hielt, mir zu verstehen gibt, dass ich nicht viel mehr für sie bin als ein Werkzeug, mit dem sie etwas reparieren will, zum Beispiel ihre Verzweiflung, mit dem sie ihre kaputte Ehe beziehungsweise ihren kaputten Ehemann beziehungsweise ihren Ennui loswerden kann.

Sie sagt es zwar nur ein Mal, dafür aber unmissverständlich, und ich sage nein, ich leg doch nicht deinen Ehemann um, was glaubst du, wer ich bin, und natürlich hat sie nicht die leiseste Idee davon, wer ich wirklich bin und dass es ein echter Treppenwitz ist, sich ausgerechnet mich auszusuchen für so einen Job.

Mein Job ist es, ihren Ehemann zu übernehmen, nachdem er umgelegt wurde. Aber das sage ich ihr nicht. Ich sammle nur die Einzelstücke meiner Illusionen ein, sie liegen auf dem Boden verteilt im Hotelzimmer herum, erst jetzt sehe ich, wie schäbig der Teppich ist, hier sind vermutlich schon einige Illusionen zerschellt.

»Broadway, Fünfte Straße West«, sagt der Fahrer und hält an, ich gebe ihm sein Geld, wir steigen aus, gehen ein Stück die Fünfte Straße entlang und biegen rechts ab, und ich bin fast neidisch auf ihr Staunen, man sieht ja alles nur einmal zum ersten Mal.

Als wir vor der Wolves Bar stehen, hat sie sich wieder im Griff, ihr hölzerner Charme ist zurück und wirklich bemerkenswert.

»Hier haben Sie sich also zum Deppen gemacht?«

Wir gehen rein, setzen uns an den Tresen, trinken Gimlets und reden nicht viel, nur das Nötigste. Ich sage ihr das, was sie noch nicht weiß, aber wissen sollte. Es ist an der Zeit.

EIN KOLLEKTIVES ZIEHEN UND EIN LANGES, GEMEINSAMES AUSATMEN

Auf dem Boot sind derweil ein paar Entscheidungen gefällt worden.

1. Es ist, wie es ist, und niemanden trifft irgendeine Art von Schuld daran.

2. Benedikt zieht zu Sara ins Bed & Breakfast, Marc zieht zu Elisabeth und damit zu den anderen ins Apartment.

3. Dann sehen sie weiter.

Und so klettern sie in der Dämmerung von Bord und machen sich auf den Weg durch die Stadt zum Bed & Breakfast, damit Marc seine Sachen holen kann, und – so ist der Plan – sobald Marcs Seite des Bettes frei ist, holt Benedikt seine Sachen aus dem Apartment und legt sie auf Marcs Bett und sich eventuell auch gleich auf Sara, das ist aber noch nicht abschließend geklärt worden.

Sie finden ihre Art, mit alldem umzugehen, sehr erwachsen, sie sind wirklich guter Dinge, als sie gemeinsam durch die Straßen spazieren, Marc hat Elisabeth fest im Arm, Benedikt hält vorsichtig und für seine Verhältnisse geradezu schüchtern Saras Hand, Claudius und Annike laufen mit einem bezaubernd dümmlichen Grinsen in den Gesichtern nebeneinanderher. In dem Maße, in dem der Himmel das Licht ausschaltet, schaltet die Stadt ihre Lichter an, in der Enge der Gassen beginnt sie, sanft zu glühen, überall sitzen Menschen vor den Restaurants, den

Cafés und den Bars, die Läden füllen sich, die Leute sind zurück vom Strand oder von ihren Ausflügen, ihnen ist nach Essen und Trinken und Reden und Einkaufen, was Menschen in ihrer Freizeit eben so machen – Kapitalismus. Alles scheint vollkommen normal zu sein.

Aber Marc kann das Bed & Breakfast nicht finden.

Da, wo es war, zwischen dem Restaurant und der Bar, in der Sara sich ihre Drinks reingekippt hat, ist einfach nur eine schmale Mauer, die aussieht, als wäre sie schon immer da gewesen.

Er geht ein paar Schritte zurück auf die gegenüberliegende Seite der Gasse und schaut sicherheitshalber nochmal mit ein bisschen Abstand ein Stück nach links und nach rechts, aber da ist es auch nicht, vielleicht spinnt er ja.

»Sara«, sagt er, es ist das erste Mal seit Ewigkeiten, dass er sie ohne jede Aggression in der Stimme anspricht, »sag mal, spinn ich jetzt?«

»Ich hab mich auch gerade gefragt, ob ich nicht ganz dicht bin«, sagt sie. »Du siehst es also auch nicht?«

»Ich sehe es auch nicht«, sagt er.

Sie denkt kurz darüber nach, ob es irgendwas mit Vincent zu tun hat, ob sie deshalb beide nicht ganz dicht sind, ob der Druck vielleicht einfach zu massiv geworden ist, ob ihre Gehirne unter Druck reagieren wie Bandscheiben und irgendwas einfach rausgeflutscht ist, und ob das dann wiederum auf den Sehnerv drückt. Oder ob sie sich mit allem so gründlich geirrt haben, mit ihrer Ehe, mit ihrer Elternschaft, mit dem ganzen Fuck, in dem sie gelandet sind, dass die neue Realität, in der sie eben jetzt auch gelandet sind, versucht, das alles irgendwie zu reparieren.

Aber dann wäre ja auch Vincent nur ein Unfall, der genauso repariert werden muss.

Was er ganz sicher nicht ist.

Wo ist der eigentlich.

Vincent.

»Wo ist Vincent«, sagt Sara.

»Wird schon alles gut sein bei ihm«, sagt Marc, »er hat eine Freundin gefunden, die sind bestimmt unterwegs.«

Nichts ist gut bei ihm, denkt Sara, aber gleichzeitig denkt sie auch gar nicht daran, mit Marc zu streiten.

»Okay«, sagt sie, »es wird schon okay sein.«

»Aber wohin«, sagt Claudius, »sollen die beiden genau zurückkommen?«

»Ja, die stehen dann wahrscheinlich genauso blöd da wie wir jetzt«, sagt Elisabeth, und alle registrieren, dass sie *wir* gesagt hat.

»Wir könnten die Mauer zinken«, sagt Benedikt.

Sara sieht ihn von der Seite an.

»Die Mauer zinken?«

»Ich hatte doch mal diesen Freund«, sagt Benedikt, »den Zimmermann, Annike, erinnerst du dich?«

»Nein. Irgendwie erinnere ich mich an kaum noch was«, sagt Annike.

»Dieser Freund also«, sagt Benedikt in die Geräusche der Straße und die Stille der Gruppe, »der hat mir das mit den Zinken erklärt, so kommunizieren Zimmermänner untereinander, wenn sie jahrelang unterwegs sind. Die schreiben so kleine Zettel, und die deponieren sie in den Mauerritzen, so teilen sie sich wichtige Dinge mit, zum Beispiel, dass hier nette Menschen wohnen, bei denen man ein Bett oder eine Dusche oder ein Frühstück bekommt.«

»Aber das muss man wissen«, sagt Marc, »man muss wissen, dass man nach winzig kleinen Zetteln in Mauerritzen Ausschau halten muss.«

»Wir machen einen großen Zettel«, sagt Claudius. »Und wir schreiben drauf, dass ihr bei uns seid. Wir sagen im Restaurant und in der Bar Bescheid und hinterlassen auch da diese Zettel, wie heißen die nochmal?«

»Zinken, sie heißen Zinken«, sagt Benedikt ganz frei von Aggression, und auch das ist brandneu.

Claudius registriert es und lächelt ihn an.

»Und wenn er bis, sagen wir mal, Mitternacht nicht auftaucht, schieben wir hier abwechselnd Wache und passen ihn und die junge Lady ab.«

Jetzt streckt er den Bauch raus wegen seiner geilen Idee, checkt es aber noch rechtzeitig.

»Gute Idee von dir, Ben. Das mit den Zinken.«

»Ja«, sagt Sara, »sehr schöne Idee. Ich mag die Zinken.«

»Ich auch«, sagt Elisabeth und schickt Benedikt ein warmes Lächeln.

»Beste Idee«, sagt Marc.

»Zettel und Stift hätte ich hier«, sagt Annike und zieht einen Block und einen Kugelschreiber aus ihrer Tasche.

»Okay«, sagt Marc, »danke.«

Annike gibt ihm die Sachen und macht einen runden Rücken, und er legt den Block darauf, so wie man das früher gemacht hat, und schreibt: *Hey, Vincent, mach dir keine Sorgen, Mama und ich sind …*

»Wo sind wir eigentlich?«

»Mouragia Apartment, Arseniou 23«, sagt Elisabeth.

»Oberstes Stockwerk, mit Dachterrasse«, sagt Claudius.

Benedikt könnte das mit der Dachterrasse jetzt kommentieren, tut es aber nicht, stattdessen sagt er: »Keine zweihundert Meter von hier.«

Marc schreibt weiter, *im Mouragia Apartment, Arseniou 23, oberstes Stockwerk, das mit der Dachterrasse, keine 200 m entfernt, kommt da doch beide einfach hin, wir warten auf euch, ich hoffe, der Ausflug hat Spaß gemacht. Papa.*

Er schreibt es noch auf zwei weitere Zettel, die geben Sara und er im Restaurant und in der Bar ab, wobei aber wie hier üblich niemand großartig auf sie reagiert, die beiden Zettel liegen dann halt auf den jeweiligen Theken, sie werden da zusammen mit einer mündlichen Beschreibung von Vincent abgelegt, auf die aber auch niemand eine Reaktion zeigt. Marc ärgert sich kurz, immerhin geht es um einen Jugendlichen, ihr Arschgesichter, doch seine Wut verraucht so schnell, wie sie sonst jedes Mal anfängt zu rauchen.

Den ersten Zettel faltet Benedikt ein paarmal und zinkt damit die Mauer, die mal das Bed & Breakfast war, er schiebt ihn in eine Ritze, man muss gar nicht so genau hinschauen, um ihn zu entdecken, und dann haben sie das fehlende Haus auch schon vergessen, als hätte es die Unterkunft nie gegeben, und sie nehmen sich wieder in den Arm und an die Hand, jetzt nimmt auch Annike Claudius an die Hand, und er lässt es zu, und so laufen sie durch die Altstadt, Gasse für Gasse, immer an den Lichtern entlang bis zum Byzanthinischen Museum und von da weiter zur Straße oberhalb des Wassers und durch die grüne Tür mit der Nummer 23 und die Treppen hoch, und da sind sie dann, und Benedikt und Sara beziehen das dritte, noch freie Schlafzimmer.

Später sitzen alle um einen dampfenden Topf Stifado auf der Dachterrasse und trinken Wein und reden nicht viel und warten auf Vincent und Heidi und die Mitte der Nacht.

»Ich geb's zu«, sagt Heidi, »es ist nicht ganz *die tollen Strände im Norden.*«

»Ach, so schlimm finde ich es jetzt gar nicht«, sagt Vincent, und es ist wirklich nett von ihm, dass er das sagt, denn es ist nicht mal ansatzweise *die tollen Strände im Norden,* es ist einfach nur ein Parkplatz im nördlichen Teil der Stadt, und ja, der Parkplatz ist zwar direkt am Wasser, aber von *toll* kann keine Rede sein. Gleich hinter dem Parkplatz, auf der anderen Straßenseite, wummert metallischer Sound aus einem billigen Nachtclub, über den Parkplatz verteilt stehen Trailer, in denen Prostituierte ihrer Arbeit nachgehen.

Sie haben den Pick-up mit der Ladefläche zum Wasser geparkt und sitzen auf dem vom Sonnentag noch warmen Metall, mit Blick auf die Ionische See und da drüben in der Ferne auf Albanien, aber Albanien ist jetzt gar nicht so wichtig, wichtig ist, dass sie endlich mal irgendwo angekommen sind und einfach beschlossen haben zu bleiben.

Links von ihnen liegt ein Fluss, er wirkt unspektakulär, doch der Fluss scheint eine Grenze zu sein – sie haben insgesamt fünf Mal versucht, nach Norden zu fahren, nur: Sobald sie auf der anderen Seite des Flusses waren, lag rechts neben ihnen wieder der Flughafen, immer und immer wieder.

Es sieht also so aus, als sollten sie hierbleiben, südlich des Flusses und nördlich des Flughafens. Natürlich haben sie zwischen dem vierten und dem fünften Versuch auch mal angesetzt, die Stadt Richtung Süden zu verlassen, was ebenso erfolglos war, ihre natürliche Grenze lag auf Höhe von Pontikonisi.

Die Frage ist jetzt, warum das so ist und wer von beiden die Frage zuerst stellt.

Erstmal über was anderes sprechen und das ignorieren, was hinter ihnen passiert, was ihnen das Strandgefühl versaut, die metallischen Bässe aus dem blöden Nachtclub. Die Prostituierten sind nicht schlimm, die sind ja auch nur Gäste hier und wissen nicht, wohin, die haben auch einfach keine bessere Option als das, was eben ist.

»Vielleicht machen deine Eltern sich doch Sorgen«, sagt Heidi.

Vincent öffnet zwei Flaschen von dem griechischen Bier, das Heidi auf ihrer Irrfahrt durch die Stadt in einem kleinen Supermarkt gekauft hat.

»Vielleicht sollten wir doch lieber zurück zum Bed & Breakfast.«

Vincent drückt ihr eines der beiden Biere in die Hand.

»Nein, sollten wir nicht. Und Sorgen machen die sich eh, ob ich da bin oder nicht, das ist völlig egal.«

Er nimmt einen Schluck von seinem Bier.

»Wahrscheinlich gehen die Sorgen erst dann weg, wenn ich weg bin, und zwar ganz weg bin.«

»Das«, sagt Heidi, »ist doch bestimmt bei allen Eltern so, und trotzdem wollen sie nicht, dass die Kinder weg sind. Meine Mutter hat mal gesagt, dass Kinder haben Sorgen haben heißt, und die musste es echt wissen, die hatte von beidem genug.«

»Aber was macht man denn mit seinen Eltern«, sagt Vincent, »wenn man weiß, dass man bald sterben muss, ich meine, das kann ich denen doch nicht ernsthaft weiter zumuten, ich muss doch irgendwas machen.«

»Du musst gar nichts«, sagt Heidi.

»Außer sterben«, sagt Vincent, und sie spucken beide vor Lachen in ihre Bierflaschen, während ein paar Fledermäuse über ihre Köpfe segeln. In einem krüppeligen Baum am Wasser meldet sich eine aufdringliche Zikade zu Wort, direkt vor ihrer Nase fährt ein melancholisches Kreuzfahrtschiff vorbei, vielleicht nach Venedig.

»Mal ehrlich, Heidi, was würdest du machen?«

»Ich würde mir einen letzten guten Sommer machen. Den Rest kannst du getrost bei den Erwachsenen ablegen.«

»Aber sie kriegen es nicht hin, und Trost ist ein gutes Stichwort.«

Er klingt schon wieder sehr erwachsen, wie er das so sagt. Von wegen Trost ist ein gutes Stichwort.

»Ich glaube«, sagt Heidi, »meine Mutter hat es getröstet, als sie festgestellt hat, dass ich selbst entscheide, was aus mir werden soll und was nicht.«

Sie nimmt den Mund etwas zu voll mit Bier, muss erst sehr laut schlucken und dann rülpsen.

»Warte«, sagt Vincent, schluckt auch zu viel und laut und entlässt ein noch lauteres Rülpsen in die Luft. Alle halten kurz die Luft an, die Zikaden, die Prostituierten, das Nachtclubmetall und das Meer, gerade noch in Sichtweite auch das Kreuzfahrtschiff.

»Tschuldigung«, sagt er.

»Wie höflich du immer bist.«

»Was war jetzt mit deiner Mutter und der Sache mit dem Trost?«

»Ihr Blick hat sich entspannt, als ich mir einen Job gesucht hab und ausgezogen bin.«

»Meine Mutter würde sich dann eher noch mehr Sorgen machen«, sagt Vincent. »Aber dazu wird's ja nicht kommen, ich werd ja nicht mal die scheiß Schule fertig machen.«

»Schule«, sagt Heidi, »was war das nochmal?«

»Es ist merkwürdig«, sagt Vincent, »aber es sieht so aus, als würde ich es genau jetzt vergessen. Ich weiß nur noch, dass ich da morgens immer hingehe, also, glaub ich.«

»So wie man zur Arbeit geht?«

»Ich weiß es nicht mehr.«

Sie trinken Bier, die Zikade macht Zikadenmusik, alles andere ist still, die Prostituierten sitzen fast reglos auf den schmalen Leitern zu ihren Trailern.

»Heidi«, sagt Vincent, »was war gleich nochmal Arbeit?«

»Ich ... also ... ich – haben wir da nicht eben drüber geredet? Als ich gesagt hab, dass ich mir einen ... was genau ... gesucht hab, wegen zu Hause ausziehen ...? Scheiße, Vince, was ist hier los?«

»Etwas stimmt nicht«, sagt Vincent.

»Ja«, sagt Heidi, »irgendwas stimmt nicht.«

»Ich hab seit Tagen das Gefühl, Sachen zu vergessen, dachte aber, das liegt vielleicht an mir, also an meinem Kopf, dass der halt inzwischen auch nicht mehr so richtig funktioniert, also hab ich nicht weiter drauf geachtet.«

»Meiner funktioniert offenbar auch nicht mehr so richtig«, sagt Heidi. »Weißt du meinen anderen Namen noch?«

»Klar«, sagt Vincent und grinst. »Heidi ist nur dein Deckname, in echt heißt du Meike.«

»Vincent!«

»Du heißt Nefeli. Aber nur, wenn es dir passt, und meistens passt es dir nicht.«

»Okay, komplett blöd sind wir wohl doch nicht geworden«, sagt sie und zündet sich eine Zigarette an. »Eigentlich schade. Das hätte dann nämlich erklärt, warum wir seit Stunden zu doof sind, um einfach mal ein Stück nach Norden zu fahren.«

Vincent nimmt ihr die Zigarette aus der Hand, zieht daran, hustet, gibt sie zurück.

»Damit musst du jetzt auch nicht mehr anfangen, Vincent.«

»Vielleicht hab ich aber Bock drauf.«

»Okay, dann musst du es üben«, sagt Heidi. »Niemand wird als perfekter Raucher geboren.«

Sie hält ihm die Zigarette hin, er zieht nochmal, hustet wieder.

»Na ja«, sagt sie, »wird schon werden, paar Tage haben wir ja noch.«

»Ich hab vergessen, wann der Rückflug geht.«

»Was ist ein Rückflug?«

Er schaut sie an.

»Das war ein Witz, Vincent.«

»Bin mir nicht sicher, ob der so gut war, Heidi.«

Sie schauen in den Himmel, einem Flugzeug hinterher, auf dem Weg in den Süden.

»Hat dich eigentlich hier schon mal irgendwer wirklich wahrgenommen, außer mir und deinen Eltern?«

»Wie meinst du?«

»Ich musste gerade nochmal drüber nachdenken, wie das heute war, als ich die Karre mieten wollte.«

»Als du die Karre geklaut hast, meinst du.«

»Ja, aber das hab ich nur gemacht, weil die Frau in der Autovermietung nicht auf mich reagiert hat, egal, was ich gemacht hab. Verstehst du?«

»Nein.«

»Ich hielt sie für eine Idiotin, aber inzwischen glaube ich, sie hat mich einfach nicht gesehen, als würden wir in zwei verschiedenen Welten leben, und als könnte sie nicht in meine Welt schauen, ich aber in ihre …«

»Ich rede ehrlich gesagt mit niemandem außer dir, ich kann da gar nichts zu sagen.«

»Jetzt denke ich, dass es eventuell doch wir sind, mit denen was nicht stimmt, weil wir ja ganz offensichtlich ein Problem haben und zum Beispiel die Stadt nicht verlassen können.«

»Mit mir stimmt so viel nicht, Heidi, mir ist es, glaube ich, vollkommen egal, ob da noch mehr nicht stimmt.«

»Mir ist es nicht egal.«

Die Zikade legt ein bisschen an Lautstärke zu, die Prostituierten zünden sich alle gleichzeitig eine Zigarette an, erst klicken die Feuerzeuge, dann knistern das Papier und der Tabak, dann folgen ein kollektives Ziehen und ein langes, gemeinsames Ausatmen.

Heidi hält sich an ihrer Bierflasche fest und schaut Vincent von der Seite an, als wollte sie sich auch an ihm festhalten, aber mit den Augen.

»Mir kommt es vor, als ob es mich nur noch gibt, weil es dich gibt, und auch nur dann, wenn wir zusammen sind.«

Etwas in Vincent schmilzt, sein Kern wird weich und

eine kraftvolle Wärme macht sich in seinem ganzen Körper breit, es ist wie früher beim Rennen, die Hitze kriecht über sein Herz bis in seine Wangen, seit Langem hat er sich nicht mehr so lebendig gefühlt, meistens fühlt er sich ja sowieso mehr tot als lebendig. Er macht das auch ein bisschen extra, um sich drauf vorzubereiten. Und so lässt er ihren Satz noch ein paar Sekunden durch seinen Körper schwingen, dann dreht er sich zu ihr und nimmt ihr Gesicht in seine Hände.

»Huch«, sagt sie.

Er sagt nichts und küsst sie stattdessen, er macht es einfach so, wie er es vor zwei Jahren im Sommercamp gelernt hat mit Melissa am Lagerfeuer, aber es ist komplett anders, es ist nicht die gleiche Liga, nicht das gleiche Spiel, es ist ein durchweg neues Spiel, ein neues Universum, als hätten sie es sich gerade erst ausgedacht, sie schmeckt nach Bier und Zigaretten und nach all dem, was gerade in seinen Adern passiert, warm und weich und fest und so fucking lebendig.

»Mir kommt es vor«, sagt er dann leise, »als würde es mich endlich *wieder* geben, wenn wir zusammen sind.« Und sie sagt: »Sshhh …«, und sie rutscht runter auf die Ladefläche, und ein bisschen auch in die genau wie Vincent immer weicher werdende Ladefläche rein, und sie zieht ihn zu sich ran, sie macht das bei Gott nicht zum ersten Mal, er ist ja nicht der erste Junge, den sie küsst, und natürlich muss man sagen, dass sie sich längst darauf verlegt hat, Männer zu küssen und keine Jungs, oder auch Frauen und keine Mädchen, aber diesen Jungen zu küssen ist sonderbar und wunderbar zugleich in einem einzigen Herzschlag – es kommt ihr vor, als würde etwas mit ihm passieren, während sie sich küssen, das sie so noch nicht erlebt hat. Er streckt sich immer weiter, sein Körper wird massiver, breiter, stärker, seine Schultern verändern sich und werden kräftiger, die Haut an seinen Wangen und an seinem Kinn wird rauer, seine Arme gehen auf und gleichzeitig schließen sie sich fester um ihren Körper, und die Art, wie er sie anfasst, ist die eines erwachsenen Mannes, doch so kannte sie das bisher nicht. Seine Hände fühlen sich an, als könnten sie Stahl vielleicht nicht brechen, aber zum Fließen bringen.

Okay, denkt sie, na gut, dann machen wir mal, und sie machen, und irgendwann, die Sterne stehen längst vollzählig am Himmel und zeigen ihr ganzes glitzerndes Feuerwerk, schiebt sie ihn ein Stück von sich weg und schaut ihn an.

»Dein Gesicht«, sagt sie, und er sagt: »Was denn«, sie sagt: »Dein Blick«, und er sagt: »Was denn«, und sie denkt: Als würde er sich bereit machen, über Nacht erwachsen zu werden.

»Nichts«, sagt sie, und so zerfallen die letzten zarten Barrikaden, die noch wie zufällig um sie herum aufgebaut waren.

The Wolves Bar, Los Angeles

»Gut, danke«, sagt sie nach dem soundsovielten Drink und ganz die Inspektorin. »Dann fassen wir doch mal zusammen. Eine Frau hat Sie verletzt, und dadurch haben Sie Ihren Glauben an die Menschheit verloren, weshalb Sie jetzt Ihren Job nicht mehr machen können, weil Ihnen das Selbstvertrauen fehlt, das es dafür braucht, also sind acht von 108 Passagieren und Crewmitgliedern eines abgestürzten Ferienfliegers nicht in der Unterwelt gelandet, sondern befinden sich ordnungswidrig auf einer Mittelmeerinsel und machen dort Ferien, obwohl sie nach unseren Berechnungen längst tot sind – richtig?«

»Richtig.«

»Und Sie sehen sich auch in nächster Zukunft nicht in der Lage, Ihren Job unfallfrei zu erledigen, richtig?«

»Richtig.«

»Also haben wir zwei Dinge zu tun.«

Sie leert ihr Glas in einem Zug, ich mache es ihr nach. Es erscheint mir klug, warum auch immer.

»Das war nicht Ding Nummer eins«, sagt sie.

»Das dachte ich mir«, sage ich.

»Ding Nummer eins wird sein, die acht Leute dahin zu schaffen, wo sie hingehören, damit das geregelt ist, bevor es zu sehr auffällt.«

»Auch das dachte ich mir.«

»Ding Nummer zwei wird sein, dass wir jemanden brauchen, der in Zukunft Ihren Job übernimmt.«

»Aber ich bin ja nicht der Einzige …«

»Sie fallen aus, wir brauchen Ersatz. Fertig.«

»Okay, okay.«

Sie bestellt nochmal zwei Gimlet, und während wir auf die Drinks warten, sagt sie: »Und wo genau wir Sie unterbringen, sehen wir dann schon.«

»Ich werde nicht einfach aussortiert?«

»Nichts da, Sie machen schön weiter.«

Der Barkeeper stellt uns die Drinks hin, ich serviere die Zigaretten dazu.

DER 40-GRAD-MANN

Vincent wacht in der Dämmerung auf, am Horizont färbt sich der Himmel schon ganz zart rosa, vom offenen Meer kommen ein paar einzelne sehr frühe Fischerboote zurück, über den Booten kreisen Möwen, die aber womöglich noch zu müde sind oder zu wenige, um großartig Möwengeräusche zu produzieren. Heidi liegt in seinem Arm, eingewickelt in ihr nachtblaues, goldfädendurchwirktes Strandtuch und seine helle Baumwolldecke. Sie hat irgendwann gefroren, und er hat seine Decke nicht gebraucht, ihm war die ganze Nacht von innen warm gewesen, als wäre seine Körpertemperatur gestiegen, es hat sich ein bisschen angefühlt wie Fieber, aber nicht unangenehm.

Er sieht die Frau in seinem Arm an, sie ist die erste Frau, die er um diese Tageszeit und auf diese Art in den Armen hält, er lässt seinen Blick wandern, über ihre glatten, schwarzen Haare mit der eckigen Frisur, über ihre knochigen Schultern und Hüften und Knie, er findet, dass sie gerade jetzt in der Dämmerung ein bisschen was von einem Scherenschnitt hat, er berührt ihre Nasenspitze mit den Lippen und konstatiert, dass die Haut an der Stelle ein bisschen zu kalt ist, also zieht er sie dichter an sich ran, komm her, denkt er, ich bin der 40-Grad-Mann, und dann schließt er die Augen wieder, kurz bevor der jetzt auch im Südosten langsam heller werdende Himmel den Blick auf das schwarze Loch freigibt.

L. A. International Airport, gewissermaßen

Ich hatte ihr das Hotel noch zeigen wollen, dieses Ungetüm von einem Hotel, das zwar gar nicht so hoch ist, lediglich fünfzehn Stockwerke, aber der rote Backstein in Kombination mit dem weißen Stahl lässt es hart und wuchtig an der Straße stehen. Dass es zweigeteilt ist, der gleiche Klotz also auf der gegenüberliegenden Straßenseite einfach nochmal steht, macht es nicht besser. Das schwere, dunkle Holz über den Fenstern hatte ich von Beginn an als drückend wahrgenommen, am Ende saß es wie ein Amboss in meinem Nacken.

Sie wollte das Hotel nicht sehen. Sie wollte auch keine Erklärungen und keine Geschichten mehr hören. Sie wollte jetzt etwas unternehmen. Sie sagte, sie gehöre schließlich zum Management, deshalb würde das alles jetzt mal sortiert und geregelt.

Wir stehen vor der Abflughalle im dichten Nebel, rauchen Zigaretten und warten auf unser Flugzeug.

Die Inspektorin starrt auf meine Hand, die Hand zittert, ich kann es nicht abstellen.

»Was ist mit Ihnen? Sind Sie nervös?«

»Es ist mein erster Flug«, sage ich. »Und wie Sie wissen, bin ich nicht besonders gut mit Flugzeugen.«

»Ach, kommen Sie, das hat doch nichts mit dem Verkehrsmittel zu tun.«

Sie zieht an ihrer Zigarette und sieht mich noch strenger an als in dem Moment, in dem sie heute Nachmittag mein Büro betrat.

»Und schieben Sie jetzt mal nicht ihr eigenes Versagen auf eine ganze Industrie.«

Sie schlägt den Kragen ihres Blazers hoch und schaut auf ihre Armbanduhr.

»Wie reisen Sie denn sonst immer?«

»Astralprojektion«, sage ich, »seit Ewigkeiten.«

»Sie machen es sich ja echt leicht.«

Der Nebel wird von Minute zu Minute dichter.

»Ziehen Sie mal Ihre Hosenbeine runter«, sagt sie, »wenn der Pilot Sie noch nicht kennt, fällt das sonst auf.«

»Was ist falsch mit meinen Hosenbeinen«, sage ich, so langsam geht sie mir ziemlich auf die Nerven mit ihrem Genörgel.

Sie zeigt auf meine Knöchel. Zwischen den Hosenbeinen und den Schuhen schauen die Flügel hervor.

»Warum kann man sie sehen«, sage ich, »draußen kann man sie eigentlich gar nicht sehen.«

»Wir sind nicht draußen«, sagt sie, »das hier ist nicht der Draußenflughafen, das ist unser Flughafen.«

»Wir sind quasi im Gebäude?«

»Auf eine Art ja«, sagt sie. »Dass Sie noch nie ein Flugzeug genommen haben, macht mich echt fertig, aus welchem Jahrtausend sind Sie?«

»Aus der Antike, verdammt.«

Ich bücke mich und verstaue die Flügel zur Hälfte in meinen Socken und zur Hälfte unter meinen Hosenbeinen. Sie fühlen sich an, als würden sie Wasser brauchen.

»Die haben auch schon mal bessere Tage gesehen, oder? Haben Sie noch eine Zigarette?«

Ich richte mich wieder auf, hole tief Luft und sage: »Nur wenn Sie aufhören, auf mir rumzuhacken.«

Sie sagt nichts, schaut mich nur an, wir schweigen ein paar Minuten, wer zuerst zuckt und so weiter.

»Kommen Sie«, sagt sie irgendwann. »Sie wissen schon, der alte Trick – in dem Moment, in dem die neue Zigarette brennt, kommt der Bus oder in unserem Fall die Flugbereitschaft.«

»Okay«, sage ich und hole noch zwei Zigaretten aus dem Päckchen. »Sie haben gewonnen.«

Als ich ihr Feuer gebe, lächelt sie mich durch die Flamme hindurch an.

Von Westen her durchbricht eine Propellermaschine den Nebel und rollt langsam auf uns zu. Ich schaue zur Sicherheit nochmal nach meinen Flügeln, aber wir können gehen, es gibt nichts zu sehen.

AUS VERSEHEN VERSCHÜTTETE LIEBE

Mit der aufgehenden Sonne steigt etwas aus dem schwarzen Loch, ein Wesen, vielleicht eine fast menschliche Gestalt, aber insgesamt ist es größer, und unter den dunklen Umhängen oder Tüchern oder dünnen Fellen, man weiß es nicht genau, auch viel massiver als ein Mensch. Es bewegt sich durchs Wasser und auf dem Wasser und nähert sich der Insel.

Dann hält es inne.

Als würde es Ausschau halten, etwas suchen, oder jemanden. Die Umhänge, Tücher, Felle, Lappen verbergen alles, was es ist.

Dann ist es weg.

Heidi wacht in den Armen von Vincent auf. Vincent, der in der letzten Nacht locker zehn Jahre draufgelegt hat, schläft tief und atmet ruhig, der feste Griff, mit dem er sie in den ersten Stunden der Nacht gehalten hat, ist ein bisschen lockerer geworden.

Sie schiebt sich ein Stück von ihm weg, sieht ihn an. Er wird sich eventuell rasieren wollen. Oder vielleicht auch nicht, der rötlich-blonde Dreitagebart steht ihm ziemlich gut. Auch das kernige Gesicht.

Sie rutscht wieder an ihn ran, er wird wach, küsst ihre Stirn, öffnet die Augen. Und erschrickt.

»Was zur Hölle IST das?«

»Keine Angst«, sagt sie, »das bin nur ich.«

»Das bist NICHT du.«

Seine Stimme ist seit gestern eine Etage tiefer gerutscht. Heidi ist fasziniert von seiner nächtlichen Metamorphose zum Mann, und auch davon, dass er es offenbar noch gar nicht bemerkt hat.

Und sie hat keine Lust, sich auf diesen Stress einzulassen, den er gerade verbreitet, sie möchte lieber wieder mit dem Gesicht an seine nackte Brust und ihre Wangen da rankleben und –

»Heidi, jetzt schau dir das doch mal bitte AN, das ist doch nicht NORMAL.«

»Herrgott nochmal, was denn«, sagt sie und dreht den Kopf in die Richtung, in die Vincent so angestrengt starrt, und sie schaut geradewegs in das schwarze Loch. Das schwarze Loch schaut geradewegs zurück, ihr ist, als würde es sich auf sie zubewegen, als würde es atmen, als wäre es lebendig, es hat etwas Gefräßiges, und doch gar nicht.

Jetzt, denkt sie, hast du drei Möglichkeiten.

1. Ausflippen.
2. So tun, als wäre nichts.
3. Herausfinden, warum da am Bildrand ein schwarzes Loch ist.

Sie entscheidet sich für 2., dreht sich wieder zu Vincent und sagt: »Ich weiß nicht, was du meinst.«

»Ach, komm, du siehst es doch auch, oder hab ich was mit den Augen.«

Er setzt sich gerade hin. Seine Haut glänzt in der Morgensonne, ihr Herz flirrt in der sich ankündigenden Hitze des Tages.

»Ich sehe es auch«, sagt sie, »aber vielleicht ignorieren wir es einfach und gehen erstmal davon aus, dass wir es sowieso nicht ändern können.«

»Das hast du von mir gelernt, oder?«

»Wie meinst du?«

»Das ist genau die Art, wie ich mich dem, was mir bevorsteht, nicht stelle.«

»Ich finde das nur vernünftig«, sagt sie. »Scheiße erst dann verwalten, wenn sie wirklich da ist. Und, na ja …«

»Was, na ja?«

»Schwarze Löcher am Bildrand sind doch auch nichts anderes als die üblichen Drohungen, die das Leben so mit sich bringt«, sagt sie. »Mir kommt das bekannt vor.«

»Also machen wir was …?«

»Wir besorgen uns Frühstück.«

In ihrem Rücken öffnen die Prostituierten wie auf Kommando die Türen ihrer Trailer, treten ins durchsichtige Morgenlicht und zünden sich schon wieder alle gleichzeitig eine Zigarette an.

Das Morgenlicht kriecht wie Musik durch die geöffneten Fenster des Apartments, wie ein Song von *Leonard Cohen live in London*, nur eine Akustikgitarre und eine tiefe Samtstimme und ein paar elegante Background-Vocals, irgendwas mit einer Reise und Wasser und Liebe, und alle sechs drehen sich nochmal um und eins und eins zueinander, und Hände finden Haut und Haare und Herzen und tauchen tief in die Gefühlekiste und holen das verschüttete Zeug da raus und ziehen es hervor und legen es zwischen die Laken, und sie atmen im Takt, Sara und Benedikt, Elisabeth und Marc, sogar Annike und Claudius. Über der Dachterrasse füllt sich das Sonnensegel mit Wind, als würde es loswollen, und für einen kurzen Moment löst sich das oberste Stockwerk des Hauses von den

Mauern und hebt ein paar Zentimeter ab, aber dann begreift das Sonnensegel, dass es noch nicht so weit ist, und kommt wieder zur Ruhe und erstmal runter.

Benedikt streicht Sara übers lebensmüde Haar, küsst ihre lebensmüde Stirn, bedeckt ihre lebensmüden Schultern mit seinen Blicken, sie liegt auf dem Rücken, ihre Beine angewinkelt und von ihm abgewandt, ihr Gesicht ihm zugewandt, wie hingegossen, denkt er, während das durch die Vorhänge fallende Licht mit ihren Schlüsselbeinen spielt, vorsichtig zieht er das Laken ein Stück hoch, damit ihr nicht kalt wird. Er verschüttet ein bisschen Liebe, aber aus Versehen, im Vorüberschauen.

Im Zimmer schräg gegenüber schlafen Elisabeth und Marc miteinander, die Temperatur ist hoch, es ist irgendwas mit roten Locken, weißem Kimono und Vulkanen.

Im größten Zimmer, in der Beschreibung des Apartments wird es *Master Bedroom* genannt, liegt Claudius hinter Annike und hält sie im Arm, er schläft, sie ist wach, er träumt von Booten, sie träumt sich hinter den Mond, aber ohne dort verschwinden zu wollen, es ist mehr wie ein Spaziergang zu sich selbst, sie läuft ein bisschen hin und her hinter dem Mond und schiebt sich dabei fester an Claudius und seinen mächtigen Brustkorb, als würde sie ihn an die Hand nehmen und ihm alles zeigen hinter ihrem Mond, das zerbrechliche Licht, die vielen Schattierungen von Silber, die sanften Krater, das staubige Material, das sich für sie gar nicht so kalt anfühlt, wie alle immer denken, dass es ist hinter dem Mond.

Sara ist von einer auf die andere Sekunde wach und sitzt sofort aufrecht im Bett. Vincent, denkt sie, ich habe Vincent vergessen.

»Was ist?«, sagt Benedikt, er stützt sich auf den rechten Arm und sieht sie an, versucht zu verstehen, was ihre weit aufgerissenen Augen ankündigen.

»Ich hab Vincent vergessen«, sagt sie, »niemand von uns hat nach ihm gesehen, hat nachgeschaut, ob er vor der Mauer stand, ob er diesen Zettel gefunden hat, ob er überhaupt zurückgekommen ist von seinem Ausflug.«

Mit einem Satz ist sie aus dem Bett und in einem Kleid und einer Unterwäsche, sie putzt sich die Zähne, während sie ihre Sandalen über die Füße zieht. Benedikt weiß, dass sie gleich rauslaufen wird, und er wird sie nicht allein gehen lassen, er steht auf, trinkt einen Schluck Wasser aus dem Hahn im Bad und hält auch kurz das Gesicht in den Strahl, dann schnell noch Shorts und T-Shirt und: »Okay, wir können los.«

Sara lächelt ihn an.

»Danke, dass du mitkommst.«

»Natürlich komm ich mit. Ich hab ihn doch auch vergessen, ich Depp, und ich vergesse echt nie was.«

»Was ist los mit uns, Benedikt?«

»Egal jetzt, komm.«

Marc lässt derweil Elisabeths Vulkan explodieren, Sara kann es hören, als sie die Treppen runterläuft, aber es stört sie nicht, weil Benedikt bei ihr ist, und Annike zieht hinterm Mond an Claudius Brustbehaarung, nur ganz leicht.

Vincent parkt den Pick-up oben an der Straße überm Faliraki Beach. Heidi fand, dass er die schrottige Kiste ruhig mal fahren soll, wenn er schon, warum auch immer, plötzlich ungefähr Ende zwanzig ist, und er ist gefahren, als hätte er nie was anderes gemacht, oder zumindest, als hätte er die ganze Nacht geübt, obwohl sie ganz sicher weiß, dass er das nicht getan hat, denn er hat etwas anderes getan, das aber auch sehr gründlich und fast wie ein Erwachsener. Er springt aus dem Auto. Heidi beobachtet ihn dabei. Die Zartheit und Schwäche, die noch gestern Teil seiner Ausstrahlung waren, denkt sie, sind ja wie weggeblasen, denkt sie, und dann denkt sie: HEIDI, HERRGOTT NOCHMAL, was denkst du denn, also bitte.

Sie gibt der Sonnenbrille in ihrem Haar einen kleinen Schubs und fängt sie mit ihrer Nase auf und steigt aus.

Vincent schließt das Auto ab und lächelt sie an.

»Nicht schlecht«, sagt sie.

»Danke«, sagt er, »dann kann ich ja ab jetzt der Fahrer sein.«

»Kommt drauf an, wo du hinwillst.«

»Für die Strecke zwischen Parkplatz und Altstadt reicht es«, sagt er, »und viel mehr Möglichkeiten haben wir ja offenbar nicht.«

»Ich hab die Strände im Norden noch nicht aufgegeben«, sagt sie.

»Dann kommen wir da auch hin.«

Sie kann nicht aufhören, sein neues, älteres Gesicht kennenzulernen, sie schaut in jeden Winkel. Sie fragt sich zum wiederholten Mal an diesem Morgen, ob er die Veränderung überhaupt schon bemerkt hat. Aber sie fragt ihn nicht, sie befürchtet, dass es den Zauber zerstören könnte.

»Los«, sagt sie und tippt ihm an die feste Brust, »Frühstück.«

Das schwarze Loch ist hinter den Hügeln der Stadt verschwunden.

Flugzeuge, also ich weiß nicht.

Die Inspektorin und ich sitzen uns gegenüber, sie schaut aus dem Fenster, wo die Sonne über dem gewaltigen Horizont aufgeht, die Propeller schnurren gleichmäßig, seit vielen Stunden bewegen sie sich in genau diesem Tempo, wir sind die ganze Nacht durchgeflogen. Sie hat gesagt, das muss so sein, damit wir uns an die Zeit auf der Insel anpassen können. Eigentlich würde es nur ein paar Minuten dauern.

Na ja.

Gut.

Ist mir halt stundenlang der Kopf von links nach rechts gefallen und wieder zurück.

Wenigstens haben sie Drinks hier, das ist schon in Ordnung, man muss nur auf einen Knopf drücken, und dann kommt die Stewardess mit dem Scotch. Sie ist unfreundlich und hasst ihren Job. Was auch vollkommen in Ordnung ist.

Jetzt läuft sie an uns vorbei, ihre dunkle Uniform sitzt fest um ihre zierliche Figur, besonders um die Taille sitzt sie wie eine Rüstung und so stramm, dass ich mich frage, ob die Stewardess eventuell auseinanderbrechen könnte, wenn sie die Uniform mal zu schnell oder irgendwie unbedacht ablegt. Das Schiffchen auf ihrem Kopf lässt sie aussehen wie eine Marine-Offizierin, und genau so verhält sie sich auch. Sie bleibt neben mir stehen und schaut auf mich runter.

»Anschnallen.«

»Warum?«

»Wir landen jetzt.«

Ich zeige auf die Inspektorin.

»Was ist mit ihr?«

Die Stewardess lässt mich nicht aus den Augen.

»Sie schnallt sich auch an.«

Wir schnallen uns beide an, die Inspektorin beobachtet weiter die Lage draußen am Himmel.

Die Stewardess schnalzt mit der Zunge, kickt wie aus Versehen meinen Fuß vom Gang zurück unter den Sitz, während sie sich auf den Weg zum Heck der Maschine macht.

Die Geräusche ändern sich, das Flugzeug setzt zur Landung an, ich versuche, nicht darüber nachzudenken, was das jetzt genau heißt, woran es mich erinnert, was ich getan habe, was ich nicht getan habe, was ich nicht geschafft habe und was ich dadurch erschaffen habe.

Die Inspektorin rutscht auf ihrem Sitz hin und her, macht sich gerade, sieht noch angestrengter aus dem Fenster als zuvor und legt die Stirn in Falten. Ihre hellen Haare vibrieren.

»Da ist es«, sagt sie.

Jetzt sehe ich es auch, es taucht links neben uns auf, es ist nicht zu übersehen. Ich wusste nicht, dass es so monströs ist, so sichtbar ist.

»Mein Fehler«, sage ich, »sorry, das ist echt dumm gelaufen.«

Die Inspektorin inspiziert die Lage, sie wirkt konzentriert, aber nicht unbedingt schlecht gelaunt.

»Da haben wir aber wirklich ganz schön was aufzuräumen«, sagt sie, »ordentlicher Klopper, das Ding.«

Sie sieht mich an und grinst, ja, ich glaube, sie grinst.

»So was hat noch keiner von uns hingekriegt.«

Das Loch ist schwärzer als die dunkelste Nacht, und es pulsiert. Als könnte es jeden Moment das Land auffressen, vor dessen Küste es liegt.

»Keine Ahnung, wie wir das aufräumen sollen«, sage ich.

»Das zerschellte Flugzeug kriegen wir da nicht raus«, sagt sie. »Also muss das, was offensichtlich fehlt, rein.«

Sie zuckt mit den Schultern.

»Ganz einfach.«

»Klar«, sage ich, »ganz einfach.«

Sie zieht die Augen zusammen.

»Wer zum Teufel ist das?«

»Wo?«, frage ich.

»Da«, sagt sie und zeigt mit dem Finger auf die Mitte des Fensters. »Der Typ mit den Lappen auf dem Kopf, oder was ist das, was er da hat, sieht ja ekelhaft aus.«

Jetzt sehe ich ihn auch. Er steht oder schwebt, oder was immer er da macht, am Rand des schwarzen Lochs.

Den hatte ich ganz vergessen. Wir hatten lange nichts mehr miteinander zu tun.

»Er ist eigentlich ganz okay«, sage ich, »sieht schlimmer aus, als er ist. Und er kann nichts dafür. Insgesamt recht verloren, der Kollege.«

Ihre Nase kräuselt sich.

»Er sieht aus, als würde er fürchterlich stinken.«

»Nein«, sage ich, »das geht. Bisschen muffig vielleicht. Man gewöhnt sich daran.«

Er sieht einfach zu wenig Tageslicht. Früher hab ich ihm das öfter mal gesagt, aber irgendwie haben wir uns aus den Augen verloren.

»Er ist verschwunden«, sagt sie.

Ja, denke ich, schüchtern war er auch schon immer. Deshalb die Lappen auf dem Kopf und überall.

Wir landen haarscharf neben dem schwarzen Loch. Dass hier überhaupt noch normaler Flugbetrieb stattfinden kann. Und die Landebahn ist ein scheiß Nadelöhr.

Daran erinnere ich mich zu gut.

Wie ich die Nachricht bekam über unsere hausinterne Meldestelle: »ACHTUNG östliches Mittelmeer STOP schweres Gewitter STOP Pilotin kämpft mit Landung STOP Landebahn schmal und sehr kurz STOP wird vermutlich schiefgehen STOP bereit machen für Einsatz ENDE«

Viel zu spät erst habe ich begriffen, dass ich es nicht mehr kann, dass ich die Festigkeit verloren habe, die es für den liebevollen Zugriff braucht, die pragmatische Zuversicht, dass schon alles gutgehen wird, den naiven Glauben, dass Entschlossenheit zum Ziel führt, und die idealistische Überzeugung, dass es richtig ist, was ich tue, was wir tun, dass mein Kompass stimmt. Ich habe gleich zu Beginn gespürt, schon in dem Moment, in dem das Flugzeug auf dem Wasser aufschlug, dass es nicht rundläuft, dass es mir nicht von der Hand geht, dass es mir schwerfällt, aber ich habe es weggeschoben, währenddessen darf man sich nicht verunsichern lassen, nicht nachdenken, nicht zweifeln, aber mit jeder Frau, jedem Kind, jedem Mann, jedem Menschen wurde es schwieriger, und als ich bei 100 angekommen war, blieben mir schlagartig die Luft und das

Licht weg, ich konnte mich nicht mehr bewegen, ich bin irgendwie, ja – gestorben. Und im nächsten Moment saß ich wieder in meinem Büro und an meinem Schreibtisch, und wie sagen sie immer so schön: Die Hoffnung stirbt zuletzt. Ging dann aber doch relativ schnell.

Der Flieger rollt langsam aus und kommt zum Stehen, die Inspektorin schnallt sich ab, und dann lächelt sie mich an, als hätte sie einen Mentaltrainer verschluckt.

»So«, sagt sie, »erstmal Frühstück, oder?«

Sie behandelt mich wie einen emotionalen Pflegefall.

»Kaffee wäre gut«, sage ich, und ich sage es betont ruppig, ihren neuen Umgangston kann sie sich gleich wieder abschminken.

»Kaffee wäre gut«, sagt sie beziehungsweise äfft sie mich nach, sie verdreht die Augen dabei. »Ich dachte, wir könnten hier auch ein bisschen Urlaub machen, aber nein, Mister Knöchelflügel hat schlechte Laune, weil er einen Fehler gemacht hat, und klar, dafür muss man natürlich unbedingt andere bestrafen. Männer, ey.«

Die Schelle hat gesessen. Sie hat verdammt nochmal recht. Was kann sie dafür. Sie steht vor mir, schaut mir in die Augen und legt mir die Hand auf den Unterarm. Sie sieht plötzlich zwanzig Jahre jünger aus und gleichzeitig wirkt sie furchtbar müde.

»Eine halbe Stunde Ferien, okay? Nur kurz. Die Insel sah so schön aus von oben.«

Meine vor ein paar Minuten notdürftig zusammengesteckte Fassung fällt auseinander.

»Bis auf das schwarze Loch und meinen alten Kumpel mit den Lappen«, sage ich und schiebe meinen Hut nach hinten, damit sie mein Gesicht besser sehen kann, damit sie sehen kann, was ich ihr in Wahrheit sagen will: Tut mir leid, ich wollte das nicht, nichts von alldem hier wollte ich, aber wenn eine halbe Stunde Ferien zumindest ein bisschen was davon wiedergutmachen kann, dann soll es so sein.

Sie nimmt meine Entschuldigung an und lächelt.

»Vielleicht verpassen wir dem Lappenmann ein Umstyling?«

»Vielleicht«, sage ich und eine Welle aus was auch immer schwappt in meine Augen, ich tippe auf ein Lächeln, ich hab es eine Weile nicht mehr gemacht.

»Das ist doch ein guter Plan für den Anfang«, sagt sie.

»Vielleicht«, sage ich nochmal, weil ich gerade einfach nur ein Dummkopf bin, der vor einem Mädchen steht und es bittet, ihn zu mögen.

»Scheiße«, sagt sie, »Vermenschlichung«, und reißt in gespieltem Schreck die Augen auf.

»Keine Panik, Chefin. Geht vorüber. Wie alles vorübergeht.«

Sie hält einen Augenblick inne. Dann sieht sie sich um, ob auch niemand zuschaut, aber keine Stewardess weit und breit, also nimmt sie mich in den Arm, für eine Sekunde, nicht länger, und dann lässt sie mich wieder los und tritt zwei Schritte zurück und streift ihr Kostüm glatt und sagt: »Wenn wir hier fertig sind, geben Sie mir einen gewaltigen Drink in dieser Bar in Downtown aus, oder zumindest in Ihrem Büro.«

»Versprochen«, sage ich. »Wenn wir hier fertig sind.«

»Wenn das schwarze Loch beseitigt ist.«

Ich nicke.

»Wenn alle da sind, wo sie hingehören.«

Ich nicke.

»Und jetzt kommen Sie. Frühstück.«

»Frühstück«, sage ich, »halbe Stunde Ferien.«

»Sagen wir eine Stunde. Abgemacht?«

»Abgemacht, Chefin.«

»Warum nennen Sie mich andauernd Chefin?«

»Weil ich gerade eine brauche«, sage ich.

Sie legt eine schwungvolle Drehung auf dem Absatz hin, fährt sich einmal durch die Haare, dann verlassen wir das Flugzeug.

Erst jetzt fällt mir auf, dass wir kein Gepäck haben. Ich überprüfe sicherheitshalber nochmal die Situation um meine Fußgelenke, aber zumindest da ist alles in Ordnung, alles gut verpackt oder doch einfach unsichtbar, in der gewechselten Welt.

BEYONCÉ UND TAYLOR SWIFT

Heidi und Vincent lassen sich gute fünfzehn Minuten von der Kellnerin ignorieren, dann verlieren sie die Nerven, wobei *die Nerven verlieren* vielleicht gar nicht stimmt, sie verlieren nämlich genau genommen keinen einzigen Nerv, sie spielen das Spiel der Kellnerin nur einfach nicht mehr mit, und Vincent sagt: »Okay, was kann ich dir bringen?«

»Joghurt mit Honig, eine Portion Wassermelone und einen Frappé, bitte.«

»Alles klar«, sagt Vincent, »kommt sofort.«

»Danke, junger Mann.«

»Gern geschehen, junge Frau.«

Vincent schwingt sich aus seinem Korbsessel auf der Terrasse des Cafés an dem Platz mit dem Brunnen und den vielen Bougainvilleen und geht rein, er schlüpft hinter den Tresen mit den vielen Sorten Eis in der Auslage, er sagt »guten Morgen« zu den Kellnerinnen und Kellnern, erwartet aber keine Reaktion und bekommt auch keine, er bedient die Kaffeemaschine, in der Küche schneidet er ein Croissant auf, belegt es mit Käse und klemmt es in den Sandwichtoaster, er löffelt Joghurt in eine kleine Schale und gießt Honig drüber, er belädt einen Teller mit geschnittener Wassermelone, dann zurück zur Kaffeemaschine, schnell noch die beiden Frappés fertig machen und zwei Gläser mit frisch gepresstem Orangensaft, alles auf ein Tablett und raus damit.

»Toll«, sagt Heidi und schiebt sich die Sonnenbrille ins Haar.

»Ich hab jetzt verstanden, wie es geht«, sagt er, »du nimmst dir einfach, was du brauchst, und niemand will Geld von dir.«

»Den letzten Teil finde ich am besten«, sagt Heidi.

»Vielleicht sind wir irgendwelche Superpromis«, sagt Vincent, »und deshalb belästigt uns niemand, auch nicht mit Rechnungen.«

»Ja«, sagt Heidi, »wir sind wie Beyoncé und Taylor Swift.«

»Wer ist Beyoncé?«

»Ich natürlich«, sagt sie.

»Warum muss ich Taylor Swift sein, Beyoncé ist viel cooler.«

»Weil ich die Ältere von uns beiden bin?«

»Sieht man gar nicht.«

»Das ist richtig, Kleiner«, sagt sie, »aber deine Ohren leuchten grün in der Sonne, also stell dich hinten an.«

»Heidi?«

»Ja?«

»Vielleicht sind wir auch eher so alte Hip-Hop-Stars, so Dr. Dre und Snoop Dogg.«

Heidi zieht die Mundwinkel nach unten.

»Weiß nicht. Die alten Chefkiffer?«

Vincent kratzt sich an den Fußgelenken, dann ignoriert er es und streckt seine langen Beine aus.

»Vielleicht sind wir auch jemand ganz anderes.«

»Das«, sagt sie, »ist immer in der Ziehung«, und sie trinkt ihren Orangensaft in einem Zug.

»Schmeckt jeden Tag besser.«

»Was? Der Saft?«

»Alles«, sagt sie, »merkst du das auch?«

Vincent beißt in sein Croissant, der geschmolzene Käse legt sich weich an seinen Gaumen. Er zuckt mit den Schultern.

»Hauptsache, endlich mal was mit Käse«, sagt er, »aber ja, ist wirklich gut.«

Heidi weiß, woran es liegt, sie kennt das. Es passiert, wenn zwei sich verlieben. Dann ist alles besser, schöner, schneller, ein banaler neurologischer Vorgang, der aber nie schlechter wird, egal, wie oft er sich vollzieht.

Sie sagt es nicht.

Oder soll sie doch?

Nein, wozu.

Vincent nimmt einen Schluck von seinem Orangensaft.

»Geiles Zeug.«

Sie lächelt.

»Sag ich doch.«

Am Tisch nebenan nimmt ein Pärchen Platz. Die beiden sehen aus wie aus der Zeit gefallen, sie trägt ein graues Kostüm und dunkelroten Lippenstift, ihre platinblonde Frisur passt eher in einen Schwarz-Weiß-Film als auf eine Ferieninsel, und die Art von Arroganz, die auf ihrem Gesicht liegt, wurde irgendwann in den 90er-Jahren abgeschafft. Er trägt einen dunkelbraunen Anzug, altmodisch geschnitten, aber nicht schlecht, und einen passenden, braunen Hut. Auch er hat dieses Filmstargesicht. Als wäre die Haut von innen beleuchtet. Heidi ist sich nicht sicher, aber sie hat das Gefühl, dass sie ihn vielleicht kennt, und sie ist sich auch nicht sicher, ob die beiden wirklich ein Paar sind, eigentlich tippt sie auf *kein Paar*, sie wirken so geschäftsmäßig, aber auch ein bisschen verloren, und trotzdem verbindet die Frau und den Mann etwas, falls sie eine Frau und ein Mann sind und nicht doch jemand ganz anderes, weil das ja auch immer in der Ziehung ist.

4621 Cahuenga Boulevard, auf Reisen

Ich erkenne die beiden in dem Augenblick, in dem wir uns an den Tisch neben ihrem setzen.

Bei denen wurde es richtig schlimm, da konnte ich wirklich nicht mehr, und das war der Moment, in dem es schiefging, die anderen sechs sind wahrscheinlich nur ein Kollateralschaden, ja, vielleicht war es so. Ob es Zufall war, dass diese acht zusammen in den letzten besetzten Reihen saßen, oder nicht, weiß ich nicht, ich weiß nur, dass ich sie zwar noch in den Übergang schieben konnte, und irgendwie auch noch auf den Weg in den zweiten Landeversuch, auf den richtigen Weg zum Lappenmann, doch dann sind sie mir abhandengekommen, durchgerutscht, dann konnte ich sie nicht mehr halten, und jetzt sind sie zusammen, zumindest diese beiden, auch das erkenne ich sofort.

Liebe.

Pest.

Cholera.

Und ich frage mich, was jetzt zu tun ist.

Ich frage die Inspektorin, soll sie sich doch was einfallen lassen, Frau Klugscheißer-Radio.

Sie nimmt es zur Kenntnis, beobachtet die beiden ein paar Minuten unauffällig, also angeblich unauffällig, aber das ist ein Witz, als Privatdetektivin wäre sie ein Totalausfall, und die beiden bemerken es, das Mädchen bemerkt es definitiv oder die junge Frau, oder was immer sie ist, sie sieht mehr aus wie eine Kriegerin, das ist mir im Flugzeug schon aufgefallen, dass sie keine normale junge Frau ist.

»Wir tun erstmal gar nichts«, sagt die Inspektorin.

»Stimmt«, sage ich, »halbe Stunde Ferien.«

»Oder sogar eine ganze«, sagt sie leise und beugt sich ein Stück zu mir.

»Aber wenn wir die beiden verlieren.«

»Dann finden wir sie wieder.«

Die Kellnerin kommt an unseren Tisch.

»Zwei Kaffee, schwarz, bitte«, sagt die Inspektorin, »und zwei Stück von dem Mandelkuchen da«, sie deutet auf den Tisch nebenan, »und zwei Becher Eis. Vanille, Erdbeere und Schokolade.«

Die Kellnerin notiert sich alles, nickt und verschwindet.

»Was?«, sagt die Inspektorin, als sie meinen Blick bemerkt. »Jetzt schauen Sie nicht so. Wir machen Ferien.«

Ich atme aus.

»Entspannen Sie sich mal.«

»Okay«, sage ich, lehne mich zurück und schiebe meinen Hut nach hinten. »So besser?«

»Besser«, sagt sie und zieht ihren Blazer aus. Ihre Bluse ist zartrosa, das sehe ich zum ersten Mal. Ach ja, Farben in der Sonne, denke ich. Immer wieder eine Sensation.

Der Mandelkuchen, die Kaffees und das Eis kommen, und jetzt sind die Farben voll da, die Eisbecher, die Blumen, die Palmen, der Himmel, die Kleider der Frauen, die Schuhe der Kinder.

Sie beißt in ihren Mandelkuchen, ich trinke einen Schluck Kaffee, in der Ferne am Hafen höre ich die Kreuzfahrtschiffe und Containerfrachter, ich höre die Vögel in den Bäumen, ich sehe sie auf dem Pflaster landen und wieder abheben, ich höre den sanften Wind und das Geklapper von Geschirr und Besteck und das Klirren von Gläsern hinter der Theke, irgendwo spielt Musik, ich höre Radiosprecher in den Häusern und einzelne Gitarren in den Straßen der Stadt, und ich schließe die Augen, und sie fragt mich: »Was machen Sie da?« Und ich denke, *leben,* und ich sage: »Ferien.«

Sie sagt: »Ich dachte, der Typ sei viel jünger, eigentlich fast noch ein Kind, aber er scheint mir ziemlich erwachsen zu sein.«

»Ja«, sage ich, »das ist mir auch aufgefallen.« Und sie sagt: »Verstehe.« Und ich sage: »Ich nicht.« Und sie sagt: »Das macht nichts, das ist nicht so wichtig.«

Ich öffne die Augen, und da sieht mich die junge Frau an, die Kriegerin, die – jetzt erkenne ich sie endlich, jetzt begreife ich, was sie ist, wer sie ist, und ich lächle und hebe die Hand und sage leise: »Hi.«

Sie legt den Kopf schief, sie versteht nicht, sie hat es wahrscheinlich gar nicht gehört, aber das macht nichts, das ist nicht so wichtig.

Sie wird es noch früh genug verstehen.

Der Junge schaut auch zu uns rüber, ich bewege meine Hand vorsichtig hin und her, es ist nicht ganz ein Winken, es ist etwas in der Art. Er lächelt zurück, aber nur kurz, versteht auch nichts, schätze ich, und dann konzentriert er sich wieder auf seine Freundin, auf Liebe, Pest und Cholera.

Die Inspektorin legt mir die Hand auf den Unterarm.

»Alles okay bei Ihnen?«

»Ja«, sage ich. »Und bei Ihnen?«

»Ja«, sagt sie. »So schöne Farben überall.«

ELASTISCHE STEINE

Als Sara ihren Sohn da plötzlich sitzen sieht, vor dem Café auf der Terrasse, an einem Tisch mit einer zwar etwas ungewöhnlichen, aber doch auffallend schönen jungen Frau, laufen ihr die Augen über, weil er so lebendig aussieht, so fröhlich, so ...

»Was ist mit ihm passiert?«, sagt sie und lässt vor Überraschung Benedikts Hand los.

»Wie alt, sagtest du, ist er?«

»Sechzehn.«

»Du lieber Himmel, seit wann sehen die Sechzehnjährigen aus wie Ende zwanzig?«

»Seit heute.«

»Was hast du ihm zu essen gegeben, und hast du nicht gesagt, er sei sterbenskrank?«

»Du hast ihn im Flugzeug nicht gesehen, oder?«

»Nicht den«, sagt Benedikt, »das war ein vollkommen anderer Junge.«

»Dann stell ich euch mal vor«, sagt Sara, greift wieder nach seiner Hand, geht erstaunlich festen Schrittes zu Vincent und Heidi an den Tisch, es ist die Art von festem Schritt, der früher ganz natürlich zu ihr gehört hat und den Marc so liebte, den sie im letzten Jahr und nach Vincents Diagnose aber nur noch versucht hat zu simulieren, und sie merkt jetzt, wie die Kraft in ihren Beinen zurückkommt, wie sie endlich wieder fast wie von selbst laufen kann, es federt sogar ein bisschen unter ihren Fußsohlen, als wären die Steine elastisch.

Und dann hat sie ihren Sohn zurück, sie sitzen zusammen ohne Angst und ohne Wut und ohne diese gewaltige Last auf allen Schultern, es ist so schön, ihn zu sehen, sie weiß einfach, dass er wieder gesund ist, und er ist erwachsen, dabei hatte sie sich von alldem längst verabschiedet, ihn nochmal gesund zu sehen, ihn jemals erwachsen zu sehen, sie haben ihr doch gesagt ... Und jetzt lacht er und scheint die ganz selbstverständliche Kraft zu haben, die junge Menschen üblicherweise ausstrahlen.

Und diese Frau, warum hat er plötzlich eine Freundin, und was für eine, sie hat was von Tank Girl.

»Wollt ihr Frühstück, ich hole euch was«, sagt Tank Girl.

Benedikt listet irgendwas auf, Sara kann gar nicht zuhören, und sie muss es auch nicht, sie weiß ja, dass Benedikt das schon macht, sie verlässt sich auf ihn, es ist sowieso nur Essen, viel wichtiger ist die goldbraune Haut ihres Sohnes, an der sie sich nicht sattsehen kann.

»Wie heißt sie nochmal, ich hab das eben nicht mitgekriegt«, sagt sie, als Tank Girl im Café verschwunden ist, um Frühstück zu holen.

»Heidi«, sagt Vincent. »Du kannst aber auch Nefeli sagen, oder nein, sag Heidi.«

»Schön«, sagt Sara.

»Wir wollten in den Norden«, sagt Vincent, »aber das hat nicht geklappt.«

»Schön«, sagt Sara.

»Wir haben dann auf so einem Parkplatz übernachtet«, sagt Vincent, »mit Prostituierten.«

»Schön«, sagt Sara, und ihr ist bewusst, dass sie sich verhält wie eine Idiotin, aber sie kann nicht anders.

Benedikt legt ihr die Hand auf den Rücken, aber nicht so, als wäre sie eine Idiotin, sondern so, als würde sie alles richtig machen, als würde sie immer alles richtig machen, egal ob es idiotisch ist oder nicht.

»Und ihr so«, sagt Vincent, »was ist mit euch?«

»Na ja«, sagt Sara, »wir wohnen jetzt in einem Apartment bei Benedikt und seinen Freunden am Arseniou.«

»Ich bin Benedikt«, sagt Benedikt.

»Das hab ich mir fast gedacht«, sagt Vincent, »aber warum seid ihr umgezogen?«

»Das Bed & Breakfast war plötzlich weg«, sagt Sara.

»Habt ihr den Zettel gefunden, den wir für euch deponiert haben?«, fragt Benedikt.

»Welches Bed & Breakfast«, sagt Vincent.

Und da weiß Sara auch nicht mehr, welches Bed & Breakfast eigentlich.

»Was ist mit Papa«, sagt Vincent, »wohnt er auch mit euch in dem Apartment?«

»Ja«, sagt Sara, »mach dir keine Sorgen, es geht ihm gut. Also, ich bin mir ziemlich sicher.«

»Es geht ihm gut«, sagt Benedikt.

Vincent überlegt kurz, ob er sich wundern sollte, aber dann: Nein, sollte er nicht.

Heidi kommt mit dem Frühstück zurück, sie stellt das Tablett in die Mitte des Tisches, es ist alles da, was sie brauchen, Essen, Getränke, die Sonne, der Wind, die Gegenwart.

Sie setzt sich und rückt die Sonnenbrille in ihrem Haar zurecht und sagt: »Da waren eben zwei Leute, ich wollte euch fragen, ob ihr die kennt, die waren irgendwie komisch, und zumindest er schien uns zu kennen, und ich dachte auch, dass ich den schon mal gesehen habe, aber jetzt sind sie gegangen.«

Die anderen schauen sie an, auch Vincent scheint zum ersten Mal von den Leuten zu hören. Sie wischt den Gedanken und die dazugehörigen Fragen wieder weg.

»Vielleicht hab ich mich auch getäuscht.«

4621 Cahuenga Boulevard, auf Reisen

Mein Sakko hängt über meiner linken Schulter, das Hemd ist aufgeknöpft, und die Ärmel sind hochgekrempelt, der Hut sitzt tief, ich blinzle in die Sonne, hallo, denke ich, ich weiß nämlich sehr wohl, wie man Ferien macht.

Wir stehen am Heck eines Wassertaxis und sind auf dem Weg nach Süden, da vorne rechts ist der Flughafen und noch ein kleines Stück weiter südlich tut sich das schwarze Loch auf. Vom Flugzeug aus hat es viel tiefer, düsterer, bedrohlicher gewirkt, und je näher wir ihm kommen, desto kleiner wird es. Es ist wie mit jeder anderen Angst auch.

Als wir fast da sind, nickt mir die Inspektorin zu und wir gehen nach vorn zur Taxiskipperin, und ich lege ihr die Hand auf die Stelle zwischen ihren Schulterblättern. Sie schläft im Stehen ein, ich übernehme das Steuer und bringe uns an den Rand des schwarzen Lochs, hier, wo es ausfranst und das Meer mit dem Himmel verklebt, schalte ich den Motor aus, werfe den Anker und dann warten wir.

Es dauert.

»Wir hätten was zu trinken mitnehmen sollen.«

»Er kommt gleich«, sage ich. »Sobald er merkt, dass ich hier bin.«

»Wie merkt er das?«

»Keine Ahnung. Er merkt es.«

»Hat er was zu trinken da?«

»Hat er. Aber erst freundlich guten Tag sagen.«

Wir warten.

Die Sonne steigt höher und höher, wir suchen Schatten unter dem kleinen Bootsdach.

Und dann bewegt sich das Loch, die Oberfläche wird aufgewühlt, aber man muss schon genau hinsehen, man muss schon auf jemanden warten, sonst könnte es auch der Wind sein, doch es ist nicht der Wind, es ist mein uralter Kollege. Erst hebt er den Kopf über die finstere Fläche, danach taucht der Oberkörper auf.

Ich kann sein Gesicht nicht sehen, es ist wie immer von unzähligen – ich sage es nicht gern – fauligen Tüchern bedeckt, er könnte wirklich mal eine Renovierung gebrauchen, aber er nimmt sich selbst nicht wichtig genug, glaube ich, er denkt, das geht schon so.

Ich weiß, unter all den Lappen lächelt er schüchtern. Weder sein Gesicht noch sein Lächeln habe ich je gesehen, aber ich konnte es hin und wieder spüren. Er strahlt Wärme und Zuverlässigkeit aus, wenn er lächelt.

Die Inspektorin geht einen winzigen Schritt zurück, versteckt sich hinter meinem Rücken.

»Hat sie Angst vor mir?«

Er hat die weiche Stimme eines jungen Mannes.

Ich merke, dass ich mich freue, ihn zu sehen.

»Ein bisschen vielleicht«, sage ich, »ihr kennt euch ja noch nicht.«

Sie räuspert sich, kommt hinter meinem Rücken hervor und streckt ihm die Hand hin.

»Controlling.«

Er dreht den Kopf zu mir, wirkt verunsichert, wie kann man nur so schüchtern sein. Und an die Inspektorin gerichtet denke ich: Wie kann man nur so unsensibel sein.

»Das mit der Hand«, sage ich leise zu ihr. »Er kann das nicht.«

Sie sieht mich irritiert an.

»Zu schüchtern«, flüstere ich.

»Entschuldigung«, sagt sie mit fester Stimme, »entschuldigen Sie bitte«, sie lässt ihre Hand sinken, »ich wollte Ihnen nicht zu nahe treten.«

»Nein, nein«, sagt er und sieht mich unter den Lappen hilfesuchend an, »mein Fehler.«

Ich gehe einen Schritt Richtung Bug, einen Schritt auf ihn zu.

»Schön, dich zu sehen«, sage ich.

»Ist lange her«, sagt er, und er klingt ein bisschen wehmütig.

»Ja«, sage ich, »viel zu tun und so, du weißt schon.«

»Kein Problem«, sagt er, »kenne ich doch.«

Ich nicke.

Er nickt.

Es kommt Wind auf, aber draußen auf dem Meer. Hier bei uns am Rand von allem ist die Luft still.

»Und«, sage ich, »wie läuft es so?«

Er lässt die Schultern hängen.

»Nicht gut«, sagt er. »Ich weiß nicht, was passiert ist, ich hatte alles vorbereitet, ich hab nichts übersehen, glaube ich, aber dann … na ja … sie waren nicht vollzählig.«

Ich nicke, nehme meinen Hut ab und streiche meine Haare nach hinten.

»Und jetzt häng ich hier fest«, sagt er, »und meine Mitarbeiter in ganz Europa, ach was, überall, geraten in totalen Stress, eine Beschwerde nach der nächsten, die Systeme sind komplett überlastet, und du kennst mich, ich bin keiner von diesen Machertypen, dass es überhaupt ein Problem gibt, überfordert mich, keine Ahnung, was ich falsch gemacht habe.«

»Genau deshalb sind wir hier«, sagt die Inspektorin, inzwischen etwas vorsichtiger.

Ich hebe die Hand – in der anderen halte ich meinen Hut, vermutlich halte ich mich an dem Hut fest – und sage: »Du hast nichts falsch gemacht. Das war ich.«

Er wirkt erleichtert.

So erleichtert, dass es mich nicht wundern würde, wenn er vor lauter Erleichterung jetzt doch die Lappen abwirft, um sich mit der Hand übers Gesicht zu fahren.

Er fährt sich mit der Hand übers Gesicht, mit seiner knochigen, dunkelgrauen Hand, allerdings zusammen mit den Lappen, sie geraten fast ein bisschen in Unordnung, sind dann aber doch schwer genug, um an ihrem Platz zu bleiben.

»Alter«, sagt er, »Alter, Alter, Alter«, und er atmet lang und hörbar aus, »was ist passiert, du bist doch der Beste in dem Job.«

»Lange Geschichte«, sage ich, »komplizierte Geschichte.«

»Na ja«, sagt die Inspektorin, »so kompliziert ist es auch wieder nicht. Ihr Kollege hier wurde von einer Menschenfrau verletzt, und plötzlich war er zu traurig zum Arbeiten oder zu menschlich oder zu weich oder was auch immer, und dann ist es ein bisschen aus dem Ruder gelaufen.«

Professionell in den Rücken gefallen, denke ich, tausend Dank.

Der Lappenmann fängt an zu lachen und kann nicht mehr aufhören.

»Also, hör mal«, sage ich, »so lustig ist das jetzt auch wieder nicht.«

Er schnappt nach Luft, beruhigt sich langsam wieder. »Komm, sei nicht beleidigt.«

»Das sagst du nur, weil nicht *du* den Bock geschossen hast, sondern ich, stell dir mal vor, es wäre andersrum.«

»Entschuldige, Kumpel«, sagt er, »entschuldige, ich bin einfach so wahnsinnig erleichtert.«

»Okay«, sage ich und setze meinen Hut zurück auf den Kopf, er fühlt sich deplatziert an.

»Ist ja auch nicht dramatisch«, sagt die Inspektorin, jetzt, wo sie ihren Spaß hatte, »wir kriegen das schon wieder hin.«

Der Lappenmann sieht sie frontal an, sie geht doch nochmal einen kleinen Schritt zurück.

»Gut«, sagt er. »Und wie machen wir das genau?«

WAS IST EIN RÜCKFLUG

Auf dem großen Tisch in der Küche, auf dem vor zwei Tagen noch Annike und Claudius lagen, ist ein gewaltiges Buffet aufgebaut, als wären die verlorenen Kinder zurück, und ein bisschen ist es ja tatsächlich so, auch wenn nur eins davon verloren war und beide gar keine Kinder mehr sind. Draußen auf der Terrasse und unter dem Sonnensegel ist der etwas kleinere Tisch mit acht Gläsern und mehreren Karaffen mit Wein und Wasser und frisch gepresstem Orangensaft vollgestellt, in der Mitte steht ein Kühler mit Eiswürfeln.

In ein paar Stunden wird die Hitze ihren Höhepunkt erreichen, der Plan ist, bis dahin an dem Stadtstrand zu liegen, der eine Strandbar ist, aber erstmal wird sich an der Gegenwart erfreut und bis auf Weiteres so getan, als wäre nichts.

Claudius steht am Herd und bereitet noch mehr Essen zu, als würde er unbedingt über den heutigen Tag hinaus denken wollen.

Annike lehnt an der Wand neben dem Kühlschrank und schaut ihm unverhohlen auf den Hintern, in dem sie weiß der Himmel was für ein Versprechen zu sehen scheint.

Sara und Marc sitzen mit Vincent am Tisch auf der Dachterrasse und reden mit ihrem über Nacht erwachsen gewordenen Sohn.

Elisabeth und Benedikt stehen mit Heidi am Rand der Dachterrasse und schauen aufs Wasser. Heidi zündet sich eine Zigarette an und zieht zweimal daran, bevor sie fragt, was hier im Apartment eigentlich los ist. Benedikt erzählt, dass Elisabeth und ihn etwas verbindet, auch wenn er sich nicht mehr erinnern kann, was genau das war, Elisabeth geht es ähnlich, sie sagt, dass es wohl Freundschaft ist, mit einem guten Schuss ... ja, was genau ... Benedikt sagt, er glaubt, dass sie mal miteinander geschlafen haben und dass es vielleicht gar nicht so ewig her ist, Elisabeth sagt, das kann es nicht sein, dieses Gefühl, irgendwann mal miteinander geschlafen zu haben, hätte sie bei jedem vierten Mann an der Supermarktkasse auch, und das kommt ihr zu banal vor für das, was mit Benedikt war, das muss mehr gewesen sein, sagt sie, denn sie begreift sein Innerstes, sie versteht alles, was er tut und will und wonach er sich sehnt.

»Wonach sehnst du dich?«, fragt Heidi und zieht an ihrer Zigarette.

»Nach Bewegung«, sagt Benedikt, »nach totaler Beweglichkeit und nach Kompromisslosigkeit, nach einer Intensität, die nur entsteht, wenn zwei Menschen sich vollkommen vertrauen, sich bedingungslos einander hingeben, und es müsste immer Musik da sein.«

Elisabeth lächelt ihn an, nimmt einen Zug von Heidis Zigarette, gibt ihr die Zigarette zurück und sieht ihr dabei in die Augen.

»Und wonach sehnst du dich?«

»Nach Abenteuer«, sagt Heidi, »nach Unabhängigkeit und Selbstbestimmtheit, nach Wildheit und Autonomie, nach dem Licht und der Dunkelheit, nach dem Sonnenaufgang und dem Sonnenuntergang, neuerdings nach Vincent, und nach einem neuen Motorrad, es könnte aber auch ein Schnellboot sein. Und du?«

»Nach Leichtigkeit«, sagt Elisabeth, »nach einem

Studium in Spieltheorie, nach Übersicht, und wenn ich schwimme, gerade wenn ich draußen im offenen Meer schwimme, dann würde ich gern fliegen können. Außerdem will ich gewinnen. Immer.«

»Und seit wann«, sagt Heidi, »seid ihr mit den Eltern von Vincent zusammen?«

Elisabeth und Benedikt sehen sich an, beide suchen die Antwort in den Augen des anderen, der anderen, dann zucken sie mit den Schultern.

»Hab ich noch gar nicht drüber nachgedacht«, sagt Elisabeth, »es kommt mir vor, als wäre es immer so gewesen.«

»Es ist einfach so«, sagt Benedikt. »Weißt du denn, seit wann du mit Vincent zusammen bist?«

»Keine Ahnung, ob wir zusammen sind«, sagt Heidi. Sie nimmt einen letzten Zug von ihrer Zigarette, drückt sie auf der Mauer aus und schnippt sie auf die Straße. »Ist mir aber auch egal. Das allerdings«, sagt sie und zeigt auf das schwarze Loch im Süden, das alle drei bisher geflissentlich ignoriert haben, »ist nicht egal, finde ich. Ihr seht es doch auch, oder?«

Elisabeth und Benedikt starren das Loch an, was soll man dazu jetzt sagen, denken sie, und sie spüren beide, dass sie es nicht nur gleichzeitig denken, sondern dass sie es richtiggehend gemeinsam denken, der Gedanke formt sich wie in einem einzigen Kopf.

»Was soll man dazu jetzt sagen«, sagt Elisabeth, »komisches Wetter. Mittelmeer halt, oder?«

»Ja«, sagt Benedikt, »ich glaub aber nicht so richtig an die Wetter-Theorie, mir fällt nur auch nichts Besseres ein. Was siehst du da, Heidi?«

»Heute früh«, sagt sie, »als ich es zum ersten Mal gesehen hab, war es noch leicht zu ignorieren, ich dachte, es verschwindet vielleicht einfach wieder, wenn ich es ignoriere, doch inzwischen denke ich, dass es etwas mit uns zu tun hat. Vincent und ich haben gestern versucht, die Stadt nach Norden zu verlassen, und es ging nicht, wir sind nicht über den Fluss gekommen, und auch nach Süden ging es nicht weiter. Irgendwas stimmt nicht. Und ich vergesse alles. Vorhin hab ich überlegt, wie lange ich eigentlich hierbleiben wollte. Ich weiß es nicht. Ich weiß nicht mal, ob ich überhaupt einen Rückflug gebucht habe.«

»Was ist ein Rückflug?«, fragt Elisabeth.

Benedikt macht ein paar Dehnübungen an der Mauer und sagt: »Ich weiß nicht, was du meinst.«

Unterm Sonnensegel gießt Marc Orangensaft in die Gläser, Sara hält über den Tisch hinweg Vincents Hände fest, in ihren Augen schwimmen ein paar Tränen, Vincent lächelt sie an, es ist ein großzügiges, nachsichtiges Lächeln, so lächeln Eltern weinende Kinder an, es passt nicht so richtig zur Situation.

»Alles gut, Mama, ist ja gut.«

»Entschuldige«, sagt sie und versucht, weitere Tränen runterzuschlucken, bevor ihr die Augen überlaufen. »Es ist nur …«

»Mir geht's gut«, sagt Vincent, »mach dir keine Sorgen.«

»Ich mach mir keine Sorgen«, sagt sie, »und ich sehe, dass es dir gut geht, ich freu mich nur so, auch wenn ich es nicht verstehe.«

»Ich versteh ganz viel nicht«, sagt Vincent.

»Ich auch nicht«, sagt Marc und stellt die Karaffe mit dem Orangensaft ab.

»Aber euch geht's gut, oder?«

»Ja«, sagt Marc, »mir geht's so gut wie lange nicht, und ich glaube«, er sieht Sara an, er sieht sie richtig liebevoll an, »deine Mutter ist auch viel besser drauf.«

Sara wirft erst ihrem Ehemann und dann ihrem Sohn einen Blick zu, der keine Fragen offenlässt. Sie ist auf jeden Fall gut drauf.

»Na dann«, sagt Vincent und deutet erst auf Elisabeth und dann auf Benedikt, »ist doch alles super. Tut euch keinen Zwang an, schon gar nicht wegen mir.«

Sein Satz schmilzt auf der Tischplatte wie Eis in der Sonne.

In der Küche am Herd steht Annike hinter Claudius, sie lehnt an seinem Rücken und hat die Hände auf seinen Schulterblättern, sie geht jede seiner Bewegungen mit, und er stört sich nicht daran, er muss nur ein bisschen aufpassen, dass sein Bauch nicht von der Gasflamme erwischt wird, gerade die Haare würden ja sofort anfangen zu brennen, was ihm aber einen gewissen Kick verschafft, um ehrlich zu sein, und es kickt ihn auch, Annikes hervorragende und immer noch sehr stabile Brüste an seinem Rücken zu spüren, sunny side up hat er es letzte Nacht genannt, lunar side up, hat sie dann geantwortet, sie redet ständig vom Mond, sie hat da irgendeinen Tick, soll sie doch, denkt er sich, er würde sie mit allen Ticks der Welt nehmen, apropos nehmen, er dreht sich zu ihr um, dreht sich in ihre Umarmung, sie hat die Hände weiter auf seinen Schulterblättern, er hat die Hände um ihre Taille, es ist ein bisschen, als würden sie tanzen da an der Küchenzeile. Annike spielt mit diesem einen Gedanken, den sie letzte Nacht schon hatte, es ist ein absolut verrückter Gedanke, so was sollte sie mit Mitte vierzig nicht denken, so was kann ja durchaus auch mal schiefgehen, aber auf eine ihr vollkommen unbekannte Art ist sie sicher, dass es nicht schiefgehen würde, diesmal nicht, nicht jetzt.

Elisabeth steckt den Kopf in die Küche. »Ihr sollt Essen machen und nicht rummachen«, sagt sie, und Claudius denkt, dass das natürlich richtig ist, andererseits ist ja auch schon genug Essen fertig, es steht doch alles auf dem Tisch.

»Nehmt euch einfach, wir machen hier noch ein bisschen weiter.«

Elisabeth fängt also an, die Schalen mit Salat und Gemüse und Käse und Fisch und Granatäpfeln und Fleisch und Pasticcio auf die Dachterrasse zu tragen, die anderen helfen ihr dabei, die Köstlichkeiten wandern Schale für Schale nach draußen unters Sonnensegel, irgendwie geht das schon noch auf den Tisch, und so sitzen sie bald alle zusammen und dicht beieinander und essen mit bestem Appetit und machen Pläne für den Nachmittag am Strand.

Vincent hat das leise Gefühl, dass zwei Leute fehlen, aber was soll das und wieso, also schießt er die paar hilflosen Fragen, die sein Gehirn ihm dazu stellt, in den Wind.

Als sie drei warme Stunden später an der Straße stehen und runter aufs Meer schauen, ist der Stadtstrand weg.

Niemand sagt etwas.

Heidi denkt für einen Augenblick an die Situation vor einigen Jahren, von der sie nicht mehr weiß, wann und wo es war, aber jemand hatte ihr Auto aufgebrochen und den

Koffer mit ihren Lieblingsklamotten geklaut, und sie hat dann einfach mehrmals hintereinander den Kofferraum zu und wieder aufgemacht und zu und auf und zu und auf, in der Hoffnung, es wäre einfach nicht wahr, der Kofferraum wäre gar nicht leer.

Sie hätte jetzt gern einen Kofferraum.

Hat sie leider nicht.

Aber sie hat ein Auto. Der Pick-up parkt nur ein paar Minuten entfernt, der Schlüssel ist in ihrer Tasche.

»Ich habe ein Auto«, sagt sie, »und wir sollten es einsetzen.«

»Du weißt aber schon noch«, sagt Vincent, »dass wir hier nicht wirklich wegkommen.«

»Ich weiß aber, wo wir hinkommen«, sagt sie, »und sollte dieser öde Teil der Stadt auch verschwunden sein, fress ich das Auto.«

Alle lachen kurz, es ist kein wirklich befreiendes Lachen, es ist eher ein demonstratives Lachen, es ist ein Na-und-was-soll's-Lachen.

Sie machen einen kurzen Spaziergang zum Pick-up. Überraschung, er ist noch da, der weiße Lack bröckelt wie gehabt in der Sonne, Heidi und Vincent klettern in die Kabine, die anderen auf die Ladefläche, und dann scheppern sie alle zusammen zu dem Parkplatz von letzter Nacht, der, nochmal Überraschung, auch noch vollständig vorhanden ist. Der metallische Nachtclub spuckt seinen schlechten Sound in die Nachmittagsluft, die Zikaden spielen ihre holzige Zikadenmusik, die vom Leben angekratzten Prostituierten rauchen vor ihren schäbigen Trailern.

Zu viele Adjektive, denkt der Lappenmann, der seine

verhangenen Augen ganz vorsichtig übers Wasser hebt, die reden sich das doch schön, und die wiederum denken, oh, einfaches Inselleben, und ja, sie reden es sich natürlich schön, aber was wollen wir mehr, sagen sie sich, immer nur mehr wollen ist doch vermessen, während sie bis zu den Knöcheln im pfützigen, süßen, heilig-nüchternen und jetzt aber wirklich mit zu vielen Adjektiven beladenen Mittelmeer stehen.

Elisabeth wirft irgendwann ihren Kimono ab und schwimmt ein paar Meter raus.

Marc schaut ihr hinterher und wirft den ein oder anderen Stein ins Wasser.

Sara macht sich warme Gedanken und träumt von einer Zukunft.

Benedikt spielt Gitarre, endlich, er hat so lange nicht gespielt.

Annike wünscht sich ein Kind von Claudius.

Claudius furzt leise, aber gehaltvoll.

Heidi zündet sich eine Zigarette an.

Vincent kratzt sich an den Fußgelenken, weil seine Knöchel jucken, als wäre der Leibhaftige hinter ihnen her.

4621 Cahuenga Boulevard, auf Reisen

Große Bäume, blühende Büsche, von Efeu und Farn bewachsene gemauerte Bögen, wir sitzen in einer Art kleinem Tempel im Schatten, es ist nicht viel heißer, als es in meinem Büro wird, wenn die Sonne stundenlang gegen die Jalousien gedonnert ist, aber es fühlt sich heißer an, wahrscheinlich weil es keinen Schreibtisch gibt, auf den ich meine Füße legen kann, und Scotch gibt es auch nicht.

Die Inspektorin hat die Nylons ausgezogen und in den nächstbesten Mülleimer geworfen, die Jacke liegt neben ihr, die Schuhe stehen zu ihren Füßen. Ich habe ähnlich an Ordnung verloren, den Hut in der Hand, die Jacke mal über der einen, mal über der anderen Schulter.

Ich wäre dankbar für einen Tipp, wie es jetzt weitergehen soll.

Und eine Eiswanne wäre gut.

Die Inspektorin hat die Augen geschlossen und hält das Gesicht in die warme Luft, sie bewegt sich möglichst wenig, über unseren Köpfen zwitschern die Vögel.

»Ich muss erstmal meine Begegnung mit dem Tod verarbeiten«, sagt sie, »das muss ich wirklich erstmal integrieren.«

WENN DAS SO WEITERGEHT, LEBEN WIR BALD IN EINEM SCHRANK

Acht Leute poltern die Treppen hoch, als wären sie eine Großfamilie, in Reklamevideos weltweit ist das ein beliebtes Bild für Großfamilien, aber wie sie so die Treppen hochpoltern, fühlt es sich nach viel mehr an als nur dem üblichen Bild, immerhin haben sie den ganzen Nachmittag lang gemeinsam im plörrigen Mittelmeer gestanden, so was verbindet ja auch irgendwie. Sie hatten ursprünglich vor, sich langsam, aber gleichmäßig in der großen Wohnung zu verteilen, müssen aber, einmal dort angekommen, feststellen, dass die Wohnung über den Nachmittag die Hälfte ihrer Größe verloren hat.

»Was soll denn der Scheiß jetzt«, sagt Claudius und denkt sofort darüber nach, die Hälfte des Geldes zurückzufordern. Der Master Bedroom ist so klein geworden, so eng, dass nicht mal mehr das Bett darin Platz hat, es quillt genau genommen einfach durch den Türrahmen.

»Man kann die Tür nicht mehr zumachen«, sagt Annike, enttäuscht und empört zugleich, denn sie wollte doch in genau dieser Nacht mit Claudius ein Kind machen, hinter genau dieser Tür.

»Mein Kleiderschrank ist weg«, ruft Elisabeth aus dem Schlafzimmer, in dem erst Annike nicht mit Benedikt geschlafen hat, dann Elisabeth aber mit Marc. »Und meine Kleider liegen auf dem Bett wie nach einem Einbruch!«

»Klar liegen sie auf dem Bett«, sagt Marc sachlich, »auf

dem Boden wäre ja auch kein Platz mehr gewesen, den Boden gibt es nämlich nicht mehr.«

Das Bett passt gerade so zwischen die Wände, aber zumindest geht die Tür noch zu.

»Ach«, sagt Sara, »bei uns ist es eigentlich gar nicht so schlimm.« Und Benedikt findet das auch, er ist es gewohnt, aus fast nichts viel zu machen, und tatsächlich lässt das Zimmer den beiden links und rechts des Bettes noch ein paar Zentimeter Platz zum Ein- und Aussteigen. Nur die Decke ist sehr viel niedriger als vorher, so wie auch die Decke im Rest der Wohnung, ein Zwei-Meter-Mensch könnte Probleme bekommen, Marc bekommt fast welche.

Die Dachterrasse ist zu einem mittelgroßen Balkon geworden, der Tisch und die Stühle sind verschwunden, das Sonnensegel hängt wie eine ausladende Markise über den Rand eines rostigen Geländers.

»Dann schlafen wir wohl am besten auf der Terrasse«, sagt Heidi, wie man von einem Ort spricht, der längst nicht mehr existiert. Vincent hat sich schon ein paar Couchpolster und zwei dünne Baumwolldecken unter den Arm geklemmt und besetzt den Raum unter freiem Himmel für Heidi und sich.

Claudius steht vor der Küchenzeile, er hat die Hände in die Seiten gestützt und vorsichtshalber auch den Kopf ein bisschen eingezogen.

»Wenn das so weitergeht«, sagt er, »leben wir bald in einem Schrank.«

Marc macht zwei große Schritte zum Master Bedroom, zieht die Matratze vom Bett, nimmt mit ein paar wenigen und ingenieursmäßigen Handgriffen das Bettgestell auseinander, stellt die Teile vor dem Zimmer an die Wand, schiebt die Matratze wieder ins Zimmer, verpasst der Tür einen kräftigen Tritt, sodass sie ins Schloss fällt, und sagt: »Bitteschön, nichts zu danken.«

»Wow«, sagt Annike und schaut ihn für eine Sekunde verliebt an und fragt sich, warum eigentlich jetzt ihn, was ist denn hier los, ey?

»Das wollte ich gerade machen«, sagt Claudius, merkt es aber noch rechtzeitig selbst, räuspert sich und holt frischen Weißwein der Marke Styx aus dem nur noch halb so geräumigen Kühlschrank.

Sie lassen sich ermattet auf dem Fußboden nieder, vier von ihnen auf dem Balkon, vier von ihnen in der offenen Balkontür und um die offene Balkontür herum, und sie trinken den Wein

und sie trinken den Wein
und sie trinken den Wein
und später
in den Betten

schläft Sara zum ersten Mal mit Benedikt, ihr Wunsch, einfach zu verschwinden, ist so viel kleiner geworden, und auch die Dunkelheit, die sich in ihrem Bauch breitgemacht hatte, ist wieder zurück auf normal, und mit dem normalen Maß an Dunkelheit hat sie frühzeitig gelernt zu leben, das gehört einfach zu ihr, so wie zu anderen Leuten vielleicht Sommersprossen auf der Nase gehören, oder ein zu schnell zuckender Mittelfinger. Und jetzt, wo Vincent ganz offensichtlich doch nicht viel zu jung sterben wird, wo ihm ein Leben vergönnt zu sein scheint, würde sie ihn niemals alleinlassen, sie schämt sich dafür, dass sie drauf und dran war, es zu tun, meine Güte, sie war so nah dran, sie ist doch die Mutter. Und besser eine Mutter, die ein bisschen zu Finsternis neigt, als gar keine Mutter. Er wird sie auch als der Erwachsene, der er jetzt ist, noch brauchen können, sie kann sich noch nützlich machen in seinem Leben, in seinem Kopf, und sei es nur als dieses Gefühl: Ich habe eine Mutter, und die ist irgendwo in der Nähe.

Also lässt sie Benedikts Hände nicht nur zu, sie genießt sie, sie gibt sich seinem festen Griff hin und er schläft mit ihr so, wie er in den letzten Tagen die Küste entlanggelaufen ist, schneller, weiter, mehr, und dann gleich nochmal von vorn und manchmal auch von hinten.

Elisabeth verteilt die Macht, die sie über Marc spürt, überall auf seiner Haut, und erst, als er ihr Spiel längst mitspielt, begreift sie, dass die Macht, die er über sie hat und über ihre Haut, auch nicht von vorgestern ist beziehungsweise doch, genau diese Macht war vorgestern schon da, und das war der Grund dafür, warum sie von Anfang an so scharf darauf war, ihre Macht unter seinen Händen zu verschütten und vergehen zu lassen, vielleicht ist er der erste Mann, dem sie sich ohne Hintergedanken hingibt.

Annike hat einen Plan, der Plan geht so: Claudius in einer ruhigen Minute zwischen zwei Gängen zu überraschen, kurz bevor er für zehn Minuten einschläft oder wenn er nach zehn Minuten gerade wieder aufgewacht ist, und dann wird sie ihm die Kondome wegnehmen und zum Fenster rauswerfen, so zack, juhu, aus dem weit offenen Fenster hinter ihren Köpfen, und vielleicht wird er erschrecken, aber sie wird alles tun, damit er nicht zu lange über das nachdenken kann, was sie eben gesagt hat, und sie passt den Moment ab, er hat gerade zehn Minuten geschlafen, und sie sagt: »Lass uns ein Baby machen. Es hat so oft nicht geklappt in meinem Leben, aber ich weiß, jetzt kann es klappen, also los, gib Gas, und zwar ohne Gummi.«

Claudius reagiert anders, als sie dachte, er erschrickt gar nicht, er grinst sie an und sagt: »Wenn es dir guttut.«

Und dann machen sie ein Kind.

Heidi und Vincent sitzen Rücken an Rücken auf ihrem Lager aus Couchpolstern und Decken, Heidi schaut in den Himmel und zählt Sterne, wie schön die sind, denkt sie, wie massenhaft sie leuchten, ganze Legionen von Sternen und Milchstraßen, es ist ein antikes Licht, uralt, glitzernd und längst verglüht, und etwas klingelt in ihr, es klingelt in den Narben ihrer verlorengegangenen rechten Brust, sie freundet sich Tag für Tag mehr mit dem Verlust an, er gehört inzwischen zu ihr, sie mag die zusätzliche Bewegungsfreiheit sogar oder einfach die Freiheit, die die Lücke neben ihrem rechten Arm ihr gibt, sie spielt mit der Idee, Pfeil und Bogen in die Hand zu nehmen, noch nicht gleich, aber eines Tages vielleicht, und sie spielt mit dem Wunsch, Vincent ihre Liebe zu zeigen, nicht zu erklären, sondern zu zeigen, sie hat es gerade schon getan, schnell und engagiert, aber es könnte noch eindringlicher gehen, besser, überzeugender, ohne jeden Zweifel, offenbar liebe ich ihn, denkt sie, ich könnte ihn aufessen, aber er ist so groß geworden, eine zu große Portion für so eine halbe Portion wie mich, denkt sie, da wird mir doch schlecht, und sie muss kichern.

Sie wundert sich ein bisschen, dass Vincent ihr gar keinen Spruch drückt wegen ihres Kicherns, er drückt ihr doch sonst immer sofort einen Spruch, er ist so sensibel für alles, was sie tut und sagt, also fragt sie nach: »Was machst du?«

»Ich schau mir was an«, sagt er, »an meinen Füßen.«

»Was ist denn da?«

»Das versuche ich gerade rauszufinden.«

Heidi dreht sich um und rutscht neben ihn, es stört ihn nicht, dass ihr Rücken an seinem dadurch fehlt, er sitzt nach vorn gebeugt und ist mit seinen Fußgelenken beschäftigt. Er kratzt an der Haut um die Knöchel herum, direkt auf den Knöcheln gibt es nichts mehr zu kratzen, da ist die Haut schon durch, aber das waren nicht seine Hände oder Nägel und ihr dauerndes Gekratze, das kam von unter der Haut, von innen.

»Vincent, was IST das?!?«

»Das frag ich mich auch die ganze Zeit. Wonach sieht es denn aus?«

»Es sieht aus wie Flügel«, sagt Heidi, »und sie sind gar nicht mal so klein, sie sind nur ... irgendwie ... eingerollt ...?«

»Man kann sie ausrollen«, sagt er und presst die Lippen zusammen. »Hier, so.« Er zieht mit den Fingern seiner rechten Hand vorsichtig an dem zarten Flügel, der aus seinem rechten Knöchel wächst.

»Vincent«, sagt Heidi, »die sind golden.«

»Schon, oder?«

»Ja, irre.«

»Warum hab ich die?«

»Warum bist du gesund und erwachsen?«

»Warum kommen wir hier nicht weg?«

»Warum sind wir offenbar unsichtbar, und was ist das für ein schwarzes Loch am Himmel?«

»Ich sehe kein schwarzes Loch, Heidi.«

»Weil es dunkel ist, Vincent.«

»Okay, eine Frage hätte ich noch.«

»Hau raus.«

»Warum vögeln die Erwachsenen alle durcheinander?«

Die Sterne funkeln, haben aber auch keine Antworten.

Heidi steht auf, geht in die Küche und kommt mit einer Salatschüssel voll kaltem Wasser wieder raus, stellt sie vor Vincents Füße und sagt: »Rein da mit den Dingern.«

Das Wasser ist frisch und kühl, und das sehen auch die Flügel so, sie entfalten sich und bewegen sich und verstrahlen einen eigentümlichen, beruhigenden Glanz auf dem nächtlichen Balkon.

4621 Cahuenga Boulevard, auf Reisen

Sie hat das Hotel klargemacht oder was auch immer das sein soll, auf jeden Fall sitzen wir da jetzt auf dem Dach an einer Bar.

Es ging genau genommen durch einen Felsen rein, ganz in der Nähe des schwarzen Lochs. Sie hat an den kahlen Stein geklopft, ein mir vollkommen unbekanntes Klopfzeichen, sie sagte, das sei »für Notfälle«, und dann schob sich der Stein zur Seite, hinter dem Stein öffnete sich ein Tor zu einem Gang, und am Ende des Gangs war eine Art Rezeption, nur ohne Concierge, auf dem Tisch lagen zwei Schlüssel mit den Zimmernummern 1 und 2.

»Warum weiß ich davon nichts«, sagte ich, und sie sagte, dass ich das nicht weiß, weil es Leute aus meiner Abteilung nichts angeht.

Die Zimmer sind nicht schlecht, breite Betten mit festen Matratzen, es gibt dicke Kissen, auffallend saubere, kühle Bettwäsche, ein schlichtes, aber elegantes Bad, und es gibt ein großes Fenster, was ja in jedem Zimmer das Entscheidende ist – dass man im Zweifel nach draußen schauen kann, wenn einem in den vier Wänden die Decke auf den Kopf fällt, oder man sich selbst.

Also sitzen wir auf dem Dach an diesem Tresen, wir trinken die beiden Whiskey Sour, die da schon standen, als wir die Treppe hochkamen, wir schauen auf die entfernten Lichter der Stadt und aufs Meer.

»Menschen«, sagt die Inspektorin.

»Ja, Menschen«, sage ich.

»Manchmal denke ich, dass ich viel zu wenig über die weiß.«

»Ich weiß leider fast ein bisschen zu viel über sie.«,

»Oje«, sagt sie, »jetzt kommt wieder die traurige Liebesgeschichte mit der unzuverlässigen Frau.«

»Ja, sorry«, sage ich und nehme einen Schluck von meinem zitronenkuchenartigen Drink, »ich war da einfach nicht drauf vorbereitet, es war meine erste Liebesgeschichte.«

»Aber sie hat doch nichts Überraschendes getan«, sagt sie, »sie ist doch nur den Grundsätzen ihrer Gesellschaftsordnung gefolgt, und die kenne ja sogar ich.«

Ich denke kurz nach.

»Die da wären?«

»Ach, kommen Sie«, sagt die Inspektorin, »das ist doch jetzt wirklich ganz einfach.«

»Okay«, sage ich und rutsche von meinem Barhocker, um mich gerade zu machen, »erzählen Sie's mir.«

Sie nippt an ihrem Whiskey Sour.

»Die leben nach der Dreifaltigkeit des Bösen: Religion, Patriarchat, Kapitalismus. Die können gar nicht anders, als sich gegenseitig zu bescheißen oder, im besten Fall, sich gegenseitig auszuhalten.«

Als wäre ein nasses Hemd in meinem Gesicht gelandet.

»Sie meinen«, sage ich, »die können gar nicht miteinander glücklich werden?«

»Ein paar wenige schon«, sagt sie. »Wenn sie es schaffen, sich eines Tages aus diesem Muster zu befreien.«

»Hab ich noch nie gesehen bei denen.«

»Ich hab's vielleicht heute früh gesehen, in diesem Café am Nebentisch.«

»Unsere junge Kundschaft? Die beiden?«

»Ja«, sagt sie, »kam mir so vor. Ich kann natürlich auch falsch liegen. Wie gesagt, ich weiß wenig über die.«

»Was möchten Sie denn wissen?«, frage ich.

Die Lichter der Stadt glimmen kurz auf, als wollten sie auch was dazu sagen.

»Na ja«, sagt sie, »der ganze Komplex mit den Gefühlen. Zum Beispiel seelischer Schmerz oder, darüber haben wir ja schon mal geredet, Sehnsucht und, ja, Glück. Also, warum stehen die eigentlich morgens auf und atmen?«

»Das hat viel mit der Geografie der Erde zu tun«, sage ich. »Es hat schlicht damit zu tun, wo sie leben.«

Die Inspektorin zieht die Augenbrauen hoch.

Ich fühle mich plötzlich großartig, denn ich kann etwas erklären.

»Es gibt Ecken auf der Erde, da profitieren viele von dieser – wie haben Sie es eben genannt, helfen Sie mir nochmal kurz ...«

»Dreifaltigkeit des Bösen?«

»Ja, genau. Also wenn sie davon profitieren, wenn sie sich darin eingerichtet haben, vorausgesetzt, es ist so, wie Sie sagen, aber vermutlich liegen Sie da richtig, wenn sie sich also grundsätzlich sicher fühlen, dann haben sie noch Kapazitäten und dann verhalten sie sich wie die Röhren in einem Verstärker. Verstärker sagt Ihnen was?«

Sie nickt.

»Sagt mir was. Ich war mal Bassistin in einer Punkband.«

»Gut«, sage ich, »dann wissen Sie ja, wozu die Röhren im Verstärker sind?«

»Die Röhren sind im Verstärker, um zu sterben«, sagt sie.

»Korrekt«, sage ich, »aber bis es so weit ist, produzieren sie einen geilen Sound.«

»Und die anderen? Die keine Kapazitäten mehr haben?«

»Sie meinen die Armen und Geknechteten«, sage ich, »die, auf deren Rücken die anderen ihren Sound produzieren?«

Wir werfen beide einen tiefen Blick in unsere Gläser, es ist klar, dass sie nach denen fragt, weil von denen, die unten stehen, lernt man am meisten.

»Die stehen auf und fangen an zu atmen, weil sie Angst haben, sie haben Angst, zu verhungern oder geschlagen zu werden oder getötet, die bleiben irgendwie am Leben, weil sie ihre Kinder beschützen müssen und weil sie, wenn sie noch ein paar Kapazitäten übrig haben, versuchen, einen Ausweg aus ihrer Situation zu finden.«

»Ich weiß nicht, was Angst ist«, sagt sie.

»Ich liebe Sie«, sage ich, »ich würde alles tun, um Ihnen nah zu sein, ich denke rund um die Uhr an Sie, ich bin besessen von Ihnen, ich würde Sie mir am liebsten einverleiben.«

Sie reißt die Augen auf und rutscht nervös auf ihrem Barhocker hin und her.

»Sehen Sie«, sage ich, »jetzt haben Sie Angst.«

»Meinen Sie das ernst?«

»Wer ist der beste Lügner in unserem ganzen System?«

»Sie sind ein Arschloch«, sagt sie.

Wir stoßen an und trinken aus, und als wir die leeren Gläser abstellen, stehen schon zwei neue auf dem Tresen.

»Riesenarschloch«, sagt sie, nimmt ihr Glas in die Hand, dreht mir den Rücken zu und schaut aufs Meer.

Ich antworte nicht, damit sie der Angst noch ein bisschen, wie sagt man so schön, nachfühlen kann.

Als sie offenbar zu Ende gefühlt hat, dreht sie sich wieder zu mir, vom Wasser her erreicht uns das Nebelhorn eines großen Schiffs.

»Reden wir doch mal über Sie«, sagt sie.

Jetzt rutsche ich auf meinem Barhocker hin und her, sie nimmt es zur Kenntnis, mit einem Ausdruck der Genugtuung im Gesicht.

»Keine Angst«, sagt sie. Diabolisches Grinsen.

»Worüber genau wollen Sie reden?«, frage ich.

»Wie wir nach dieser Sache hier weitermachen.«

»Ich gehe immer noch davon aus, dass Sie mich rausschmeißen.«

»Und ich sage Ihnen nochmal, dass sie so leicht nicht davonkommen.«

Ich hole ein Päckchen Zigaretten aus meiner Jacke und lege sie zwischen uns auf den Tresen. Sie nimmt sich eine, ich gebe ihr Feuer und zünde mir auch eine an.

»Sie wechseln zu mir ins Controlling«, sagt sie, »ich hab das geklärt, das machen wir auf dem kurzen Dienstweg, das kriegt niemand mit, und wenn Sie sich da erstmal etabliert haben, ist es nicht mehr interessant genug, um sich darüber aufzuregen.«

Ich ziehe an meiner Zigarette. Controlling.

»Dafür bin ich nicht gemacht«, sage ich.

»Das lernen Sie schon«, sagt sie, »und wir brauchen wirklich dringend Leute, es geht so viel schief in letzter Zeit.«

»Was genau ist der Job?«

»Ärger vermeiden«, sagt sie. »Fehler beseitigen, bevor sie zu sehr auffallen. Dinge regeln. Sie würden es erstmal eine Weile mit mir zusammen machen, und sobald Sie sicher genug sind, arbeiten sie wieder allein.«

»Bekomme ich ein eigenes Büro?«

»Klar, irgendwann schon.«

»Was heißt irgendwann?«

»Es ist noch keins frei«, sagt sie, »also sitzen Sie erstmal bei mir.«

Ich nehme meinen Hut ab und lege ihn hinter mich auf den Tresen, der Abendwind fährt mir mit schlanken Fingern durchs Haar.

»Hab ich eine Wahl?«

»Nein«, sagt sie, »natürlich nicht.«

Wir nehmen die Gläser in die Hände, ich spiele ein bisschen mit den Fingern meiner anderen Hand an der runden gläsernen Wand und denke nach.

Sie wirkt zufrieden, sie hat es mir verkauft.

»Eine Frage noch«, sage ich.

»Schießen Sie los.«

»Haben wir Waffen?«

»Wie bitte?«

»Scherz.«

»Meine Güte. Nächste Frage.«

»Wer sind die Bosse?«

Sie senkt ihren Kopf und fährt mit der Hand durch ihre Frisur, zerstört den Scheitel und die Perfektion, sie wirkt plötzlich wie eine ganz normale Frau.

Dann sieht sie mich an.

»Ich habe keine Ahnung«, sagt sie.

»Wirklich?«

»Wollen Sie wissen, was ich glaube?«

»Ja«, sage ich, »was glauben Sie?«

»Es gibt keine Chefetage, es gibt nur Abteilungen, wir sind ein sich selbst erhaltendes System, ein gottverlassenes Hamsterrad, und niemand von uns weiß genau, was wir eigentlich tun und warum wir da sind.«

Sie steht auf, leert ihr Glas in einem Zug, stellt es zurück auf den Tresen, legt mir die Hand auf die Schulter.

»Gute Nacht. Wir sehen uns morgen.«

Gute Nacht, denke ich und sehe ihr nach, und ich denke auch nochmal über die Sache mit der Angst und der Liebe nach, dann lege ich ein paar Dollar auf den Tresen, der Wind kommt nochmal vorbei und nimmt sie mit, ich steige die Treppen zu den Zimmern runter, lege mich aufs Bett und starre an die Decke, in die Nacht, in die Leere meiner Existenz.

WIR WISSEN DOCH ALLE, WIE HORRORFILME ANFANGEN

Die Schlafzimmer sind weg. Es gibt nur noch zwei Betten, eine Matratze und ein Lager unter freiem Himmel, außerdem den einen Raum mit der Küchenzeile und dem Tisch in der Mitte, hinten links geht das letzte Bad ab, das ihnen geblieben ist. Der Balkon hat über Nacht nichts mehr eingebüßt, draußen scheint der Verlust an Platz langsamer vor sich zu gehen.

Sie nehmen es hin, fast erinnern sie sich gar nicht mehr an die fehlenden Zimmer, die Zimmer sind wie ein schnell verblassender Traum, der sich am Ende der Nacht einfach in Luft auflöst. Sie sitzen um den Tisch und trinken Kaffee und reden nicht viel, es macht sich das Gefühl breit, dass jetzt was kommt.

Und dann klingelt es.

Vincent steht auf und öffnet die Tür, und die beiden Leute, die er gestern Vormittag in diesem Café gesehen hat, kommen die Treppe hoch. Der Typ sieht wieder aus wie ein Privatdetektiv aus einem Schwarz-Weiß-Film, die Frau sieht immer noch aus wie seine Chefin, obwohl Privatdetektive ja üblicherweise eher keine Chefin haben.

»Ach«, sagt Vincent, »Sie sind es.«

»Richtig«, sagt die Chefin, »wir sind's. Dürfen wir reinkommen?«

»Klar«, sagt Vincent und gibt den Türrahmen frei, »aber Kopf einziehen, ist nicht so viel Platz hier.«

»Kein Problem«, sagt die Chefin.

Der Privatdetektiv sagt nichts, er nickt nur zur Begrüßung.

Die Chefin sieht sich in der Wohnung beziehungsweise im Zimmer um und sagt: »Ja, das hab ich mir schon gedacht.«

»Was haben Sie sich gedacht«, sagt Claudius, er ist aufgestanden und lehnt an der Küchenzeile.

»Dass es hier langsam eng wird«, sagt die Chefin.

»Ach«, sagt Annike, »ich finde es eigentlich ganz gemütlich.«

Ihre Haut verströmt einen merkwürdigen und ganz und gar eindeutigen Glanz.

»Scheiße«, sagt die Chefin, »kann es sein, dass Sie schwanger sind?«

Annike lächelt.

»Kann sein.«

»Na bravo«, sagt der Privatdetektiv. »Das ist jetzt natürlich ein Problem, rein rechnerisch.«

Die Chefin scheint im Kopf blitzschnell etwas zu überschlagen, rein rechnerisch.

»Nein«, sagt sie, »kriegen wir hin. Müssen wir nur woanders bisschen umdisponieren.«

»Wir können doch nicht ein Ungeborenes ...«, sagt der Privatdetektiv.

»Was muss, das muss«, sagt die Chefin. »Oder wollen Sie Mutter und Kind trennen?«

Der Privatdetektiv schüttelt den Kopf, auf seinem Gesicht macht sich Resignation breit.

»Wovon reden Sie da«, sagt Benedikt, auch ihn hat es nicht mehr auf der Bank gehalten, er steht in dem offenen Fenster zum Balkon.

»Jetzt setzen wir uns alle erstmal hin«, sagt die Chefin.

Also setzen sich alle wieder hin, zehn Leute sitzen um einen Tisch. Claudius nimmt die Kaffeekanne in die Hand.

»Kaffee?«

»Gern«, sagt die Chefin.

»Schwarz, bitte«, sagt der Privatdetektiv.

Claudius schenkt ein, wie immer.

Die Chefin nimmt einen Schluck, sagt: »Ah, sehr guter Kaffee.«

Sie verhält sich wie Besuch.

Der Privatdetektiv versucht angestrengt, sich möglichst gar nicht zu verhalten.

»Also«, sagt die Chefin irgendwann in die morgendlichen Geräusche von draußen, »wie geht es Ihnen denn?«

Elisabeth wirft ihre Locken nach hinten und versucht, die Situation zu verstehen.

Sara greift nach Benedikts Hand, weil sie sofort spürt, dass hier irgendwas nicht stimmt.

Annike schiebt ihren Kaffee zur Seite, schüttet sich kalte Milch in ein Glas und trinkt, ihr doch egal, dann stimmt eben was nicht, na und, bei ihr stimmt endlich mal alles.

Marc spannt die Nackenmuskulatur an.

Claudius schreibt im Kopf eine Mail an den Vermieter, wenn hier nämlich was nicht stimmt, ist er nicht bereit, die volle Rechnung zu bezahlen.

»Mir geht's sehr gut«, sagt Vincent, »keine Ahnung, wann es mir zum letzten Mal so gut ging. Und ich hab neuerdings Flügel an den Füßen.«

Heidi sagt, dass das mit den Flügeln tatsächlich stimmt.

»Interessant«, sagt der Privatdetektiv, »kann ich die Flügel mal sehen?«

Vincent schält sich von der Bank, er ist inzwischen sogar größer als sein auch schon ziemlich großer Vater, und so steht er mit eingezogenem Kopf vor dem Privatdetektiv und der Chefin, deutet auf seine Füße und sagt: »Hier. Ganz geiler Look, oder?«

»Interessant«, sagt der Privatdetektiv wieder, beugt sich runter zu Vincents Füßen und berührt die Flügel vorsichtig mit den Fingerspitzen. »Wie fühlt sich das an?«

Vincent zieht die Augenbrauen hoch.

»Als würden Sie mich streicheln, Mann.«

Der Privatdetektiv setzt sich wieder gerade hin und sieht die Chefin an.

»Die scheinen echt zu sein.«

Die Chefin sieht Vincent an.

»Geiler Look, in der Tat.«

Dann dreht sie sich zu ihrem Kollegen oder Privatdetektiv, oder was immer er ist, um.

»Darüber reden wir später. Aber Sie haben recht, das ist hochinteressant.«

»Es scheint sich von selbst zu reparieren«, sagt der Privatdetektiv.

»Wir reden später darüber«, sagt die Chefin nochmal, »wir klären das hier Schritt für Schritt und Stück für Stück und Mensch für Mensch.«

Benedikt wird es zu bunt. Er springt auf, und wäre die Bank nicht so dicht besetzt, hätte er sie umgeworfen.

»Was zur Hölle ist hier los? Was machen Sie hier, was soll das alles, was wollen Sie von uns, ich finde, Sie sollten dahin zurückgehen, wo Sie hergekommen sind.«

Das, denkt die Chefin, sind zwei gute Stichworte, Hölle und Gehen, sagt es aber nicht. Stattdessen sagt sie: »Würden Sie sich wieder hinsetzen? Wir können nicht einfach gehen, wir sind hier, weil wir etwas Wichtiges mit Ihnen besprechen müssen.«

»Ich bleibe lieber stehen«, sagt Benedikt, macht sich nochmal gerade und greift wieder nach Saras Hand, die er eben kurz losgelassen hatte.

»Gut«, sagt die Chefin, »dann bleiben Sie eben stehen.«

Benedikt sieht sie kristallin an, er will Antworten, ihm reißt wirklich gleich der Geduldsfaden.

»Okay«, sagt die Chefin und wendet sich an den Privatdetektiv, »bitte übernehmen Sie mal, das ist Ihre Sache, dabei kann ich Ihnen beim besten Willen nicht helfen.«

Der Privatdetektiv atmet aus und wieder ein und sieht alle der Reihe nach an.

»Erinnern Sie sich noch daran, wie sie hierhergekommen sind?«

Allgemeines Kopfschütteln.

Heidi sagt: »Vielleicht.«

Der Privatdetektiv wendet sich ihr zu. »Ja?«

»Irgendwas mit einem Flugzeug ...?«

»Nicht schlecht«, sagt der Privatdetektiv, »aber genau genommen ist es inzwischen auch egal. Ich erzähle Ihnen jetzt, was passiert ist, wichtig ist dabei nur, dass Sie nicht zu viel darüber nachdenken, es führt zu nichts, es ist alles mehr oder weniger sinnloser Quatsch, und Sie werden es sowieso wieder vergessen.«

Er erzählt, was passiert ist.

Er sagt, dass es sein Fehler war.

Er entschuldigt sich.

Er hält ihre Blicke aus, ihr halbes Verstehen, ihre zerfließenden Gesichter, ihre irrlichternden Gedanken, ihr

Entsetzen, manchen laufen stille Tränen über die Wangen, alle greifen nach einander, halten sich aneinander fest, es ist der Moment, in dem sie vielleicht endgültig zur Gruppe werden, zu Menschen ohne Wenn und Aber, insofern ist es auch ein schöner Moment, denkt er. Menschen.

Dann zerbricht er die Stille.

»Wenn Sie jetzt kurz wütend werden möchten, lassen Sie es an mir aus, ich stehe zur Verfügung.«

Niemand schreit ihn an, ein paar Augenblicke lang sagt auch niemand etwas.

Dann, Vincent: »Ich fühle mich kein bisschen tot.«

»Ich mich auch nicht«, sagt Heidi.

»Mir ist schlecht«, sagt Claudius.

»Mir auch«, sagt Annike, »aber anders.«

»Ich kann das alles nicht glauben«, sagt Marc.

»Ich will es nicht glauben«, sagt Elisabeth.

»Wir sollten gehen«, sagt Sara, »wohin auch immer.«

»Sekunde«, sagt Benedikt, »einen Moment, bitte.«

Alle schauen ihn an.

»Haben wir nicht so was wie einen letzten Wunsch?«

Der Privatdetektiv schaut die Chefin an.

»Spricht was dagegen?«

»Es spricht nichts dagegen«, sagt sie, »es sollte nur nicht zu lange dauern.« Und sie sieht Benedikt in die Augen. »Also?«

»Ich möchte laufen gehen«, sagt er.

»Sport? Das ist Ihr letzter Wunsch?«

»Ja«, sagt Benedikt. »Ich möchte Sport machen.«

»Von mir aus«, sagt die Chefin. »Möchte sonst noch jemand irgendwas machen?«

Claudius steht auf.

»Ich geh mal aufs Klo. Bis später.«

Vincent und Heidi besprechen sich kurz, dann beschließen sie, sich zu küssen, Elisabeth steht auf und legt sich auf den Balkon, Annike folgt ihr und legt sich neben sie, Marc geht zum Kühlschrank, holt die angebrochene Flasche Wein von gestern aus der Tür und gießt sich ein Glas bis zum Rand voll, Sara sagt, sie hätte auch gern eins.

Benedikt gibt ihr einen Kuss auf die Wange und dann sucht er seine Laufschuhe, kann sie aber nicht finden, denkt, klar, sind die wohl weg, so wie auch Elisabeths Klamotten weg sind, so wie alles weg ist, was mal da war. Er kommentiert die verschwundenen Dinge nicht, er macht einfach die Tür auf und geht die schmaler gewordene Treppe zur Straße runter, er geht durch die Tür, die jetzt mehr ein Schlupfloch ist, er geht barfuß, auf der Straße läuft er los und der warme Asphalt kratzt an seinen Fußsohlen, er läuft an der Küste entlang zum Bootshafen, es ist nicht weit, er läuft nur ein paar Minuten, auch der Weg scheint sich verkürzt zu haben, am Hafen läuft er den Pier entlang und findet den Bootsverleiher auf seinem Boot, den Skipper mit dem Schnurrbart, er spricht ihn an, sagt, dass er ihn bitte zu dem schwarzen Loch bringen soll, der Skipper reagiert sofort, er antwortet zwar nicht, aber er hält die Hand auf. Benedikt legt Geld in die Hand, ein paar kleine Scheine nur, nicht viel. Der Skipper steckt das Geld ein und gibt den Weg aufs Boot frei.

Benedikt steigt auf und setzt sich auf eine der beiden Bänke.

Der Skipper wirft den Motor an und gibt Gas.

Benedikt merkt, wie er sich ein bisschen entspannt, jetzt, wo er auf dem Wasser ist.

»Das wollen wir doch mal sehen«, sagt er zu sich selbst, und zum Skipper sagt er: »Wissen Sie, angeblich bin ich längst tot, angeblich hab ich es nur noch nicht begriffen.«

Der Skipper reagiert nicht mehr auf ihn, er nimmt Kurs auf den Teil der Küste, an dem mal der Stadtstrand lag, der eigentlich eine Strandbar war, fährt eine Kurve außenrum.

Benedikt redet weiter. »Angeblich lässt sich das alles regeln, ich muss nur in dieses schwarze Loch gleich beim Flughafen steigen. Waren Sie da schon mal?«

Keine Antwort.

»Na ja, immerhin scheinen Sie zu wissen, wo wir hinmüssen.«

Der Skipper dreht bei und bringt das Boot auf den Weg nach Süden.

»Wir schauen uns das Ding einfach genauer an«, sagt Benedikt, »und dann, wie ich eben schon erwähnte, wollen wir doch mal sehen, ob ich tot bin oder ob diese beiden Tröten meinen Freunden und mir nur einen Haufen Bullshit erzählt haben. Das müssen Sie sich mal vorstellen, da kommen morgens zwei vollkommen fremde Leute zum Kaffee, die auch noch aussehen, als wären sie aus einem schlechten Film abgehauen, und erzählen arglosen Urlaubern, dass ihr Ferienflieger in Wahrheit abgestürzt ist, dass es einen blöden Fehler im System gab, und dass der Fehler jetzt repariert werden muss, aber das sei kein großes Ding, die Urlauber müssten ja nur in diesem schwarzen Loch verschwinden.«

Er reckt den Hals.

»Da ist es ja schon, Bingo.«

Er heftet seinen Blick auf das Loch, lässt es nicht mehr

aus den Augen. Es scheint, als würde es kleiner werden, je näher er ihm kommt, na also, denkt er, Verarsche.

Der Skipper hält drauf zu, gibt noch ein bisschen mehr Gas, und dann, als das Loch in fast greifbarer Nähe ist, macht er den Motor aus und lässt das Loch arbeiten. Es zieht das Boot zu sich ran.

Man könnte jetzt denken, dass es ein fürchterlicher Moment ist, dass sich der Schrecken breitmacht in Benedikts Gesicht angesichts der drohenden Endgültigkeit, aber so ist es nicht.

Wer ganz genau hinschaut, wer sich die Mühe macht, das Offensichtliche zur Seite zu schieben, wer sich auf Benedikts Augen konzentriert, auf seinen Blick, der wird etwas anderes sehen: ganz leicht hochgezogene Augenbrauen, vorsichtig flirrende Wimpern, vielleicht sogar ein leiser Spott, ein widerspenstiges »Trotzdem, ihr Ficker« und – ein Staunen.

In dem Zimmer, das mal das Apartment war, wird es Minute für Minute voller, weil der Raum Minute für Minute enger wird, die Wände wandern auf sie zu. Die Küchenzeile mit dem Gasherd ist schon vor einer Weile verschwunden, gerade ist der Balkon abgebrochen, aber trotzdem nicht auf der Straße gelandet, er hat sich im Fallen in Nichts aufgelöst.

Marc und Claudius haben den Tisch rausgeworfen, einfach durch die offene ehemalige Terrassentür geschoben, er war ganz schnell weg, die beiden Bänke haben sie dem Tisch hinterhergeschmissen. Jetzt stehen sie dicht beieinander und halten sich im Arm, die älteren Erwachsenen die beiden Jüngeren und die Jüngeren auch die Älteren.

Der Privatdetektiv und die Chefin rauchen, sie wirken nervös. Sie warten darauf, dass Benedikt vom Sport zurückkommt.

In der Jacke der Chefin klingelt es, sie sagt: »Oh. Telefon.«

Sie zieht ein Gerät aus ihrer Jackentasche, Marc findet es interessant, er glaubt, so etwas schon mal gesehen zu haben, vor vielen Jahren vielleicht. Es ist ungefähr zwanzig Zentimeter groß, es scheint Gewicht zu haben, es erinnert von der Form her ein bisschen an eine Banane. An der Innenseite hat es Tasten mit Zahlen drauf.

Die Chefin zieht eine Antenne aus dem Gerät, die ist fast genauso lang wie das Gerät selbst. Dann drückt sie auf den grünen Knopf.

»Hallo?«

Am anderen Ende der Leitung spricht jemand.

»Oh.«

Jemand spricht weiter.

»Mhm.«

Jemand ordnet ein.

»Also, so super finde ich das jetzt nicht, ich hätte sie gern alle zusammen ...«

Einwurf.

»Ja, okay. Können wir nicht ändern. Dann machen wir uns gleich auf den Weg.«

Zustimmung, danke.

»Wie geht's ihm?«

Kurze Antwort.

»Garderobe, alles klar – äh, was für eine Garderobe?«

Der Privatdetektiv nimmt ihr das Gerät ab und bedeckt das Mikrofon mit der Hand.

»Das erkläre ich Ihnen später, zu kompliziert, wir sollten uns konzentrieren.«

Er gibt ihr das Gerät zurück.

»Hören Sie?«

Jemand hört.

»Bleiben Sie, wo Sie sind, wir kommen, so schnell wir können ... Ach so, ja, Sie bleiben sowieso, wo Sie sind, klar.«

Sie drückt auf den roten Knopf, schiebt die Antenne ins Gerät und steckt es zurück in ihre Jackentasche.

»Also«, sagt sie zu den Menschen, »das ist leider ein bisschen anders gelaufen als geplant. Ihr Freund konnte es offenbar nicht abwarten und ist schon mal vorgegangen.«

Sara reißt sich von den anderen los und ist mit einem Satz an der Tür oder an dem Brett, das mal die Tür war.

»Momentchen«, sagt die Chefin, »bitte zusammenbleiben, wir wissen doch alle, wie Horrorfilme anfangen, das geht immer so los, dass die Gruppe sich trennt, und dann passiert der ganze Scheiß. Schlimm genug, dass wir schon einer weniger sind.«

Sara schüttelt den Kopf.

»Mir egal. Ich gehe auf der Stelle dorthin, wo Benedikt ist.«

»Sara«, sagt Marc.

»Mama«, sagt Vincent.

Sie atmet ein und wieder aus, sie sieht wütend aus, und in ihren Augen blitzt es.

»Dann kommt halt mit, was hält euch denn noch in diesem Loch.«

»Die Vorstellung eines anderen Lochs«, sagt Claudius,

»und auf dieses andere Loch hab ich noch weniger Lust als auf dieses Loch hier.«

Annike hakt sich bei Claudius ein.

»Ich bin da, wo Claudius ist.«

Elisabeth hakt sich auf der anderen Seite ein.

»Ich auch.«

Fast spielt sie wieder ein bisschen ihr Spiel.

Das Gesicht der Chefin wird fest.

»Sie müssen schon freiwillig gehen«, sagt sie. »Ich kann Sie nicht zwingen. Aber wenn Sie nicht wollen, dass mit Ihnen das passiert, was hier mit allen Zimmern und Möbeln und so weiter passiert ist, wenn Sie nicht zerquetscht oder aufgelöst oder ins Nichts geschossen werden wollen, dann sollten wir wirklich langsam los.«

»Was ist an dem schwarzen Loch so viel besser als am Nichts?«, fragt Vincent.

Der Privatdetektiv will etwas sagen, aber Heidi kommt ihm zuvor.

»Leute«, sagt sie, »Leute.«

Die Leute wenden sich ihr zu, ihr, die jetzt ein kleines Stück abseits der Gruppe steht, mit ernsthaftem Blick.

»Es ist die Entscheidung, die es besser macht. Ich weiß nicht, wie es euch geht, aber ich werde nicht gern irgendwo rausgeworfen, ich finde das demütigend. Ich entscheide lieber selbst, was ich tun will, und zwar solange ich noch kann.«

»Wo war nochmal der Kühlschrank?«, sagt Vincent und geht einen Schritt auf die Wand zu, die mal die Küchenzeile war.

»Ein Stück nach links«, sagt Elisabeth, und sie meint, sich eventuell daran zu erinnern, dass sie in einer anderen Zeit mal mit Benedikt in der Nähe eines Kühlschranks stand, wo auch immer und wann auch immer, und da muss sie schlucken.

»Hier?«, fragt Vincent.

»Noch ein Stück nach links.«

»Hier«, sagt Vincent, und Elisabeth sagt: »Ja«, und sie spürt den Verlust jetzt ganz deutlich.

»Ich will nicht, dass Benedikt da allein ist«, sagt sie, »ich will ihn nicht vergessen, wir dürfen ihn nicht vergessen.«

»Eben«, sagt Vincent, und er greift buchstäblich in die Wand, er greift in den Stein, er scheint sehr genau zu wissen, was zu tun ist, seine Hand verschwindet also im Stein, und dann zieht er sie wieder raus und hat eine Flasche Wein in der Hand.

»Rotwein«, sagt Claudius. »Um die Uhrzeit?«

»Kokytos«, sagt Vincent und zeigt auf das Etikett, »hört sich doch gut an.«

»Kokytos«, sagt Claudius. »Kenn ich nicht.«

»Lasst uns bitte einfach was trinken«, sagt Sara.

»Ich könnte auch was vertragen«, sagt Marc.

»Gib schon her«, sagt Heidi, sie nimmt Vincent die Flasche ab und drückt den Korken mit dem Daumen rein.

Die Chefin und der Privatdetektiv beobachten das alles schweigend, sie halten sich abseits, aber sie scheinen zufrieden zu sein, läuft doch, scheinen sie zu denken, aber niemand beachtet sie, die Menschen sind mit sich selbst beschäftigt.

Die Wände geben knackende Geräusche von sich und kommen ein Stück näher, das Brett, das mal die Tür war, fliegt weg und gibt den Blick in den Himmel frei.

Heidi reicht Sara die Flasche.

Sara trinkt und reicht die Flasche an Marc.

Marc trinkt und reicht die Flasche an Elisabeth.

Elisabeth trinkt und reicht die Flasche an Annike.

Annike trinkt und reicht die Flasche an Claudius.

Claudius trinkt und reicht die Flasche an Heidi.

Heidi trinkt, und der Wein fließt nicht nur durch ihren Hals, er fließt direkt in ihre Adern und durch ihren ganzen Körper, und der Wein versucht, etwas zu bewirken, aber sie wehrt sich, sie krümmt sich, sie würgt, sie spuckt ihn aus, und auf dem Boden landet ein roter Fleck.

Sie reicht die Flasche weiter an Vincent.

»Probier mal«, sagt sie, »oder probier lieber nicht, der schmeckt scheußlich.«

Vincent riecht an der Flasche.

»Wow, eklig.«

Heidi nickt und schüttelt sich gleichzeitig, und sie spuckt nochmal auf den Boden.

Vincent sieht die Chefin und den Privatdetektiv an, aber die lehnen beide dankend ab. Er stellt die Flasche auf die letzten freien Zentimeter des Fußbodens, gleich neben Heidis Spuckflecken.

Die Decke kracht, sie hängt in der Mitte durch.

Draußen kreischen Möwen und reden Leute, von irgendwoher kommt Musik.

Claudius stellt sich an das Loch, hinter dem mal die Treppe war.

»Wir sollten gehen«, sagt er und steigt auf die klapprige Holzleiter, die nach unten zur Straße führt, Annike folgt ihm zuerst, dann Elisabeth, dann Sara, dann Marc.

Heidi und Vincent wechseln Blicke mit der Chefin und

dem Privatdetektiv, die sie selbst nicht verstehen, aber die Chefin nickt und sagt: »Keine Angst.«

»Sie haben doch keine Ahnung, was Angst ist«, sagt Heidi.

Der Privatdetektiv lacht, die Chefin weist ihn darauf hin, dass das jetzt echt unpassend ist, und Heidi sagt: »Ich hab keine Angst.«

»Hat sie wirklich nicht«, sagt Vincent. »Hat sie nämlich nie.«

»Ich weiß«, sagt der Privatdetektiv. »Ich wusste es, als ich sie zum ersten Mal gesehen habe.«

»In diesem Flugzeug«, sagt Heidi, »ich erinnere mich wieder.«

»Ich mich auch«, sagt Vincent. »Sie waren vollkommen von der Rolle.«

»Ja«, sagt der Privatdetektiv, »das war ich. Aber so langsam fühle ich mich besser.«

Er schaut auf die Flügel an Vincents Füßen, die inzwischen ihre ganze Pracht entfaltet haben, sie glänzen in der hereinfallenden Sonne, und sie bewegen sich.

Es fällt etwas Putz von der Decke, die Wände zittern.

»Los«, sagt Vincent, »raus hier.«

Und dann sind sie draußen, sie stehen auf einer schmalen Straße, es gibt keine Gehwege mehr, die Straße fällt steil ab ins Meer.

»Wohin«, sagt Heidi, sie hält die Gruppe geschickt zusammen, die anderen scheinen ihre Situation nicht mehr wirklich zu begreifen, sie blinzeln in die Sonne und lächeln alle das gleiche bekiffte Lächeln.

»Zum Hafen«, sagt Vincent und setzt sich an die Spitze.

Die Chefin und der Privatdetektiv haben ihre Jacken in

den Händen, der Hut des Detektivs sitzt locker auf seinem Hinterkopf, sie laufen einfach hinterher.

4621 Cahuenga Boulevard, Los Angeles

Die Tür geht auf, jemand kommt ins Büro, schwer zu sagen, wer es ist, oder was es ist, ehrlich gesagt sieht es aus wie ein Protokolldroide.

Es sieht sich um.

Es wundert sich, dass das Büro leer ist, das darf ja eigentlich nicht sein.

Es fragt sich, ob es das melden muss.

Ach, denkt es, nein, denkt es, wieso denn immer alles melden, denkt es, und die Sonne fällt durch die Jalousien, das wird schon in Ordnung sein, denkt es.

Und geht wieder, und schließt leise die Tür, als wäre nie jemand da gewesen.

EIN PAAR RISIKOFREUDIGE HOBBYTAUCHER

Von außen betrachtet ist es ein weiterer, fast handelsüblicher Tag auf der Ferieninsel, die Sonne arbeitet sich ruhig und unaufhaltsam zum höchsten Punkt des Himmels empor, die Leute gehen ihren Geschäften nach, sie machen Ferien oder arbeiten für die Feriengäste, sie geben Geld aus oder verdienen sich was, sie lachen und weinen, sie lieben sich und streiten sich, sie werden wieder gesund oder plötzlich krank, sie fallen hin und stehen wieder auf, was Menschen eben so machen. An den Gedanken, dass direkt vor ihrer Stadt vor ein paar Tagen ein Flugzeug ins Meer gestürzt ist, gewöhnen sie sich so langsam, die abgestürzte Boeing verwandelt sich immer mehr von einer Katastrophe in ein Gesprächsthema, auch wenn sie noch eine Weile das Hauptgesprächsthema bleiben wird, und dann nicken alle und reißen die Augen auf, so viele tote Menschen, mögen die Götter ihnen gnädig sein und so weiter, es war ja auch wirklich sehr schlechtes Wetter an jenem Tag.

Die Toten wurden mehr oder weniger geborgen, der Flugschreiber wurde gefunden und wird irgendwann ausgewertet sein, dann weiß man auch nochmal mehr zum Hauptgesprächsthema.

Die Wrackteile des auf der Wasseroberfläche zerschellten Fliegers werden wahrscheinlich noch Jahre auf dem Grund liegen und verrotten, obwohl sich die Umweltschutzbehörde direkt zu Wort gemeldet hat, aber was ist die Umweltschutzbehörde gegen die Tauchschulenlobby – das kann also echt noch dauern. Ein paar risikofreudige Hobbytaucher waren schon möglichst nah am Unfallort, der zerborstene Stahl soll so schön glitzern im Wasser.

Niemand nimmt die kleine Gruppe wahr, aber würden sie sie wahrnehmen, würden sie sich fragen, was das denn bitte sein soll, eine Art Kita-Ausflug vielleicht, angeführt von einem hochgewachsenen, jungen Mann mit hellroten Haaren und federndem Schritt, fast wirkt es, als könne er fliegen und habe nur aus Nettigkeit die Fortbewegungsart der anderen gewählt. Ihm folgen eine dunkelhaarige, seelisch doch ziemlich aufgescheuerte Frau, dahinter eine außergewöhnlich attraktive Frau mit schwungvollen roten Locken, an ihrer Hand ein großer, athletischer Mann mit den gleichen hellroten Haaren, die der junge Mann an der Spitze auf dem Kopf hat, nur einen Schritt dahinter gehen Hand in Hand eine lichtblonde Frau in einem hellen Kleid und ein übergewichtiger Mann mit zu weit offenem Hemd, zurückweichendem, grau meliertem Haar und silbernem Bart. Die fünf haben den Ausdruck von kleinen Kindern vor dem Fernseher im Gesicht.

Die Gruppe wird am hinteren Ende von einer jungen Frau zusammengehalten, ihre nachtschwarzen Haare sind zu einem akkuraten Bob mit geradem Pony geschnitten, sie ist dünn, aber nicht mager, und sie trägt eine etwas zu große schwarze Sonnenbrille.

Zwei Meter hinter der Gruppe gehen ein Mann in Hut und Anzug und eine platinblonde Frau im seriösen Kostüm. Sie scheinen Teil dieses merkwürdigen Spaziergangs zu sein, sich aber nicht einmischen zu wollen.

Als die neun Leute am Hafen ankommen, steigen sie

auf ein Boot. Das Boot scheint ihnen bekannt zu sein, sie scheinen sich auszukennen an Bord, sie kennen offenbar auch den Skipper, über seinen Lippen klebt ein dunkler Schnurrbart.

Bis auf die Frau im Kostüm und den Mann im Anzug drücken alle dem Skipper ein paar Scheine in die Hand. Die Scheine, die der junge Mann und die junge Frau ihm zustecken, kassiert die Frau im Kostüm direkt wieder ein.

Das mag für den Moment verwirrend sein, aber es wird sich später aufklären und geht für die Gruppe im Grunde vollkommen irritationslos vonstatten.

Der Skipper wirft den Motor an und verlässt den Hafen.

Das Boot nimmt Kurs Richtung Süden.

4621 Cahuenga Boulevard, auf Reisen

Der Kollege in seinem Lappenkostüm wartet auf uns, aber ich bin mir nicht sicher, ob er froh ist, dass wir endlich da sind, dass vor allem sie endlich da sind, oder ob es ihm wieder mal einfach nur furchtbar unangenehm ist.

Er schwebt am Rand des schwarzen Lochs, seine Hände bewegen sich unter den Schichten von fauligen Tüchern, seine Schultern hängen ein bisschen. Er versucht krampfhaft, einen guten Eindruck zu machen.

Er sagt: »Hallo erstmal.«

Es ist ihm unangenehm.

Ich möchte etwas erwidern, jetzt ist es mir auch unangenehm, ich würde die Situation gern schnell entspannen, aber unser junger Flügelspielerkollege ist noch schneller.

»Hey«, sagt er, »na, wie geht's?«

»Ach, mir geht's gut, danke«, sagt der Lappenmann, »ich hoffe, Ihnen auch …? Hatten Sie denn eine gute Reise?«

Seine Stimme kippt am Ende des Satzes in die Höhe.

Meine Güte, er macht das doch auch schon ewig, das muss wirklich besser werden, das kann man ja kaum mit ansehen. Ist für die Leute bestimmt nicht schön.

»Coaching«, sagt die Inspektorin leise, »wir sollten ihm dringend ein Coaching verpassen. Vielleicht ist das ihr erster Job, wenn wir zurück im Büro sind.«

Ich nicke und mache mir eine geistige Notiz. Coaching für den Herrscher der Unterwelt, unbedingt.

Die junge Frau drängt sich durch die Gruppe nach vorn.

»Sorry, aber wir sind nicht hier, um Small Talk zu machen, für uns ist das wirklich nicht leicht.«

»Oh, Pardon«, sagt der Lappenmann und wedelt mit den Händen unter seinen Tüchern, »ich wollte nur …«

»Schon gut«, sagt die junge Frau, »die anderen schnallen sowieso nichts mehr, und ich glaube«, sie sieht ihren Freund an, »wir beide sind so weit.«

Er hebt die Hände.

»Nützt ja nix, oder?«

Der Lappenmann lässt die Schultern noch ein Stück deutlicher hängen.

»Ich fürchte, ja. Aber ich mache hier auch nur meine Arbeit, wissen Sie.«

Die junge Frau und der junge Mann nicken ausgesprochen freundlich, sie scheinen Mitleid mit ihm zu haben.

Ich frage mich, ob wir uns nicht langsam mal einschalten sollten, um uns alle zu erlösen.

Die Inspektorin schaltet sich ein.

Sie hält die Geldscheine in die Luft, die sie dem Skipper wieder abgeknöpft hat.

»Die beiden hier vorn fahren übrigens auf unserem Ticket«, sagt sie. »Nur damit Sie Bescheid wissen.«

»Das ist ja eine schöne Überraschung«, sagt der Lappenmann, er scheint sich aufrichtig zu freuen. »Dann schicke ich sie einfach hinten wieder raus? Oder wie machen wir's?«

»Gute Idee«, sagt die Inspektorin, »hatte ich jetzt noch gar nicht drüber nachgedacht, aber ja, so machen wir's. Wir kümmern uns dann um den Rest.«

Der Lappenmann nickt.

Die Inspektorin nickt.

Ich nicke.

Der junge Mann und die junge Frau sehen sich an und nehmen sich an den Händen, sie drehen sich zu ihren Freundinnen und Freunden und Eltern um und sagen: »So, immer schön zusammenbleiben und am besten Händchen halten und einfach uns nach, okay?«

Er dreht sich wieder zu dem Lappenkollegen um.

»Alles klar, wir gehen rein.«

BEI GELEGENHEIT MAL ANRUFEN, DANKE!

Es ist so viel leichter, als sie dachten, um sie herum glitzern Luftblasen im von oben hereinfallenden Licht, sie tauchen einfach durch den Tunnel und dann durch die tiefe Grotte und nochmal unter einem Ring aus Felsen hindurch, da tanzen bunte Fische und kleine Kalmare.

Heidi ist zuerst an der Oberfläche, Vincents Kopf erscheint wenige Sekunden später, seine Haare glänzen in der Mittagssonne.

»Wow«, sagt er, »was ist das?«

»Das ist ein verdammter Meerjungfrauenpool!«

Sie taucht nochmal ab, sie bewegt ihre Beine und Füße, als wären sie eine Monoflosse, und als sie wieder auftaucht, spuckt sie Vincent Salzwasser ins Gesicht.

Er lächelt und legt sich auf den Rücken, er lässt sich treiben, hört den Wellen zu, die von außen gegen die Felsen klatschen.

Heidi schwimmt ganz nah an ihn ran, sie rutscht in seinen Arm, er greift um ihre Taille, sie gehen unter und tauchen wieder auf, sie lachen, und sie küssen sich, und dann schwimmt tatsächlich und ungelogen eine Meerjungfrau durch die schmale Öffnung in den Felsen, sie hat Elisabeths rote Locken und Saras Augen und Annikes hohe Wangenknochen, ihre Brüste sind etwas missglückt, es könnten auch die von Claudius sein. Sie winkt die beiden zu sich heran, bedeutet ihnen, ihr zu folgen, und sie folgen ihr durch die Öffnung ins offene Meer, und draußen am

Rand der Felsen liegt ein Boot, kein großes Boot, nur für zwei bis vier Leute.

Der Motor tuckert ungeduldig.

Die Meerjungfrau verschwindet.

Heidi und Vincent steigen ins Boot und setzen sich ans Steuer, das Wasser tropft aus ihren Haaren und von seinen Flügeln, Vincent gibt Gas, und das Boot macht sich auf den Weg übers Meer, sie fahren Richtung Norden, und Heidi sagt: »Endlich. Da wollten wir doch sowieso hin.«

»Ja«, sagt Vincent, »ich hab gehört, dass es da die besten Strände gibt.«

An einer Insel legen sie an, sie steigen vom Boot und ziehen es auf den Kieselstrand, das Wasser schimmert türkis und ist klar wie flüssiger Kristall.

Direkt vor ihnen liegt ein, ja, was eigentlich – könnte ein kaputter, an den Seiten offener Tempel sein.

»Da ist ein Hotel«, sagt Vincent.

Er hat wahrscheinlich recht. Es gibt einen Brunnen vor dem Tempel, hinter dem Tempel eine Dusche unter einem riesigen Olivenbaum, der ganz entgegen der Jahreszeit schwer trägt an seinen Früchten, es gibt ein weißes Bett im Wind mit vier Kissen und zwei Decken, neben dem Bett steht ein runder Bistrotisch, auf dem Tisch stehen eine Marmorschale mit Obst und Karaffen mit frischer Limonade, dazu eine Flasche Granatapfelsirup.

Auf der anderen Seite des Bettes liegen ein Bogen und ein Köcher mit Pfeilen.

Heidi hebt beides auf.

»Sind die für mich?«

»Hättest du sie gern?«

»Ja«, sagt sie, »ich hätte sie gern.«

»Passt auch irgendwie zu dir«, sagt er, »aber dann kümmerst du dich ums Abendessen.«

»Kümmer du dich mal um deine Flügel«, sagt sie, »so was Schönes braucht Pflege.«

»Womit soll ich die denn bitte pflegen?«

»Olivenöl«, sagt sie und zeigt auf den Baum.

Auf dem Bett liegt ein Telefon, unter dem Telefon klemmt ein Zettel, auf dem Zettel steht: *002/007 – bitte bei Gelegenheit mal anrufen, danke!*

»Heidi?«

»Vincent?«

»Das war komplett verrückt da unten.«

»Ja. Ich wäre sogar ganz gern geblieben.«

»Ich auch. Schöner Ort irgendwie. Ärgert mich jetzt fast ein bisschen, dass ich doch nicht … also … du weißt schon.«

»Ja, ich weiß.«

»Aber wenn, dann zusammen.«

»Ja«, sagt sie, »wenn, dann zusammen.«

Sie liegen auf dem Bett, sie zwirbelt seine Haare, natürlich in die korrekte Richtung, sie sagt: »Ich hatte es mir so viel … stiller vorgestellt …«

»Warum eigentlich?«

»Keine Ahnung. Man sollte einfach nichts glauben, was sie einem im Laufe eines Lebens so erzählen.«

4621 Cahuenga Boulevard, Los Angeles

Die Nachmittagssonne kriecht wie immer viel zu aufdringlich durch die Jalousien meines Büros, aber es wird keine halbe Stunde mehr dauern, bis sie hinter den Dächern verschwinden und uns in Ruhe lassen wird.

Die Inspektorin und ich genehmigen uns ein paar Whisky, während ich meine Sachen in eine Kiste packe. Sie schiebt mir schon wieder ihr leeres Glas hin. Ich finde, dass sie ziemlich schnell trinkt, und das sage ich ihr auch, bevor ich nachgieße.

»Ja, merke ich auch gerade«, sagt sie, »ich mache mir einfach so viele Gedanken.«

»Weil ich nicht nur zu Ihnen ins Controlling umziehe, sondern wir uns auch noch ein Büro teilen und Sie dann den ganzen Tag meine Visage sehen müssen?«

»Auch«, sagt sie, »aber so schlimm wird es schon nicht werden. Ich weiß ja inzwischen, wo der Notausgang ist.«

»Was plagt Sie denn dann?«

»Das war mein erstes Mal. Ich bin nicht dafür gemacht, Menschen in den Tod zu begleiten. Und wir haben sie ja nicht mal begleitet. Wir haben sie einfach nur am Eingang abgegeben.«

Sie nimmt einen großen Schluck aus ihrem Glas.

»Wir haben sie in ein schwarzes Loch geschickt.«

Sie nimmt noch einen Schluck.

»Ich kann nicht mal um die weinen, ich habe Trauer nicht im Sortiment, ich kann vor allem logisch denken, also denke ich die ganze Zeit darüber nach, was genau wir da gemacht haben, und weiß es doch nicht. Ich weiß nichts darüber. Verstehen Sie?«

Ich gieße mir nach und nehme einen Schluck. Packe noch ein paar Dinge in die Kiste, Notizblöcke, Stifte, hilflose kleine Apparate, deren Verwendungszweck ich nie begriffen habe.

»Ich weiß alles darüber«, sage ich.

Sie sieht mich an.

»Sie stellen sich das vermutlich viel schlimmer vor, als es ist.«

»Ich bin nicht besonders gut darin, mir Dinge vorzustellen«, sagt sie. »Aber gut kann es nicht sein.«

»Es ist nicht so schlecht«, sage ich. »Es ist sogar ziemlich gut.«

Sie sieht mich an und zieht die Augenbrauen hoch.

Ich zucke mit den Schultern.

»Na ja, ich war ein paar Mal da.«

»Wie ...«

»Es ist nicht verboten«, sage ich.

»Aber wie ...«

»Sie wissen doch inzwischen, was der Lappenmann für ein Typ ist, er kann einem letztlich nichts abschlagen.«

»Sie haben ihn einfach gefragt, ob Sie mal vorbeischauen können?«

»Ja«, sage ich, »es war ganz leicht.«

»Sie verarschen mich.«

»Nein«, sage ich. »Zum ersten Mal war ich vor Ewigkeiten da, damals war es eher schlicht, ein paar Stühle und Tische und Séparées, ein Tresen, eine Barfrau, keine Fenster. Es war ihm natürlich total unangenehm.«

Sie schaut wie ein Auto.

»Es ist eine Bar? Also, es ist nicht die Hölle oder so?«

Natürlich ist es eine Bar, denke ich. Was soll es denn sonst sein, meine Güte. Manche Leute haben echt verrückte Ideen.

»Ich hab ihm dann gesagt, er könne ja vielleicht Gelder beantragen, ein bisschen renovieren, umbauen, aufstocken und so weiter. Und das hat er gemacht.«

»Wie viel hat er beantragt?«, fragt sie, sucht nach einem Stift und macht ein befugtes Gesicht.

»Das müssten Sie und Ihre Kolleginnen im Controlling wissen«, sage ich. »Ich weiß nur, dass es gut geworden ist.«

»Wie gut?«

»Oh, es ist sehr groß«, sage ich, »mehr ein Ballsaal als eine Bar, Kronleuchter an den Decken und Lightshow für die Bühne.«

»Eine Bühne?«

»Ja, für die Band.«

»Es gibt eine Band?«

»Eine Band, Fensterattrappen mit permanentem Sonnenuntergang, ich glaube, inzwischen wechseln in den Fenstern sogar die Jahreszeiten, aber nur Frühling, Sommer, schöner Herbst – den Winter hat er weggelassen.«

Sie schiebt mir ihr Glas hin, ich gieße nach.

»Die Barfrauen und Barmänner sind hinreißend …«

»Wo nimmt er die her?«, fragt sie.

»Kundschaft«, sage ich. »Er stellt die Leute ein, wenn sie arbeiten wollen. Manche stehen ja auf Arbeit.«

Sie nickt ein verwirrtes Nicken.

»Ach so, ja, vermutlich, es sind ja Menschen …«

»Ja, und überall stehen Sessel und Sofalandschaften und dazwischen warm beleuchtete Tische, ich glaube, aus Kristall, und es gibt Plastikpalmen und künstliche Orchideen und echten Flieder, weil den Modergeruch kriegt man natürlich nie ganz raus.«

»Natürlich nicht«, sagt sie leise.

»Die Cocktails sind die besten weit und breit, es gibt eine Showküche, zahme Raubkatzen und Schmetterlinge und einen Pool«, sage ich und spüre, dass ich langsam in Fahrt komme, »die Marmorstatuen und riesigen Säulen halte ich persönlich für übertrieben, aber die Band, die Band ist wirklich das Beste.«

»Ach ja, die Band, die hatte ich schon wieder vergessen.«

Sie verzieht das Gesicht zu einer fast verzweifelten Grimasse, als müsse sie sich zu viel auf einmal merken.

»Ja, da waren am Anfang nur so ein Schnulzensänger und der Lappenmann am Piano ...«

»Er spielt Klavier?«

»Hobby«, sage ich. »Es kamen aber halt auch immer wieder Musiker dazu, richtig gute Musiker und einige fantastische Bossa-nova-Spezialisten, Elis Regina, Antonio Carlos Jobim und zuletzt erst Joao und dann Astrud Gilberto, und, na ja, es ist wirklich toll.«

»Die Gilbertos«, sagt sie.

»Am Anfang gab es ein bisschen Krach mit den anderen Musikerinnen und Musikern, vor allem mit der Metal-Fraktion und Progressive-Rockern, aber der Bossa nova setzte sich durch, und jetzt spielen eben alle Bossa nova, Sie müssten mal Lemmy Kilmister sehen, wenn er *Girl from Ipanema* singt, alle lieben es, diese Musik hat bei der ganzen Melancholie ja doch etwas Tröstliches, und so viel Zuversicht.«

»Zuversicht«, sagt sie.

»Wenn die Neuen ankommen, läuft es immer gleich, alle sind superfreundlich, manche tanzen, die Band spielt *Wave* von Jobim, meistens singt Amy Winehouse, wenn sie ausfällt, übernimmt Elis Regina doch nochmal, Frank Sinatra, Sammy Davis, Jr. und Otis Redding singen die Backing Vocals, und dann die Streicher, die Gitarren, der zarte Bläsersatz, also, wenn *Wave* einmal durch ist, hat niemand mehr Angst oder düstere Gedanken, ich glaube, es ist ein verzauberter Song. Selbst der Lappenmann ist dann sehr glücklich, man kann es sogar durch die Tücher hindurch sehen.«

»Können wir das Lied hören?«

»Klar.«

Ich gehe zum Plattenspieler in der Ecke und lege das grüne Album mit der Giraffe auf, es ist gleich der erste Titel, die Instrumentalversion, das Original. Ich drehe mich zu ihr um und sehe sie an. Sie sitzt wie festgeklebt auf ihrem Stuhl und rührt sich nicht, ihr helles Haar flackert in der verschwindenden Sonne.

Als der Song vorbei ist, packe ich die Platte wieder ein, stelle sie zurück ins Regal zu den anderen drei Platten und klappe den Plattenspieler zu, die Musik bleibt hier, das gehört zur Büroausstattung.

»Was ist mit Leonard Cohen?«, fragt sie.

»Haha, der«, sage ich, »der hängt umgeben von schönen Frauen auf einer Couch hinten links in der Ecke und hat überhaupt keine Lust mehr, auf die Bühne zu gehen.«

»Ich glaube Ihnen kein Wort.«

Ich nehme die Akte vom Schreibtisch, in der alles über meinen Fehler steht, schiebe sie in die Kiste, klemme mir das Ding unter den Arm, öffne die Tür zum Flur und sage: »Sollen wir?«

Danke

Juri Andruchowytsch – ohne dein zugewandtes Zuhören, ohne dein Gespür für Stoffe und ohne die Zeit, die du mir ab und zu schenkst, wäre ich nie auf die Idee gekommen, dass diese Geschichte überhaupt eine Geschichte ist.

Thomas Halupczok und Werner Löcher-Lawrence – ihr wisst schon.

Rocco und Romy – für eure Liebe und Geduld und eure grenzenlose Nachsicht mit mir.

Anne Otto – fürs genaue Lesen und großzügige Loben, beste Psychologin der Welt.

C. – für deinen Sonnenbalkon, deine Neugierde, dein schnelles, freies Denken, deine exzellente Bibliothek in Wort und Ton und für deinen Mut.

Außerdem danke ich dem gesamten Kollegium der Esther-Bejarano-Schule in Hamburg, den Lehrer*innen und Pädagog*innen, dem Schulbüro und der Schulleitung – Sie machen auf so vielen Ebenen wirklich ausgezeichnete Arbeit, und ohne diese gute Arbeit könnte ich nicht in Ruhe arbeiten.